毛姆人生随笔集　　　W. SOMERSET MAUGHAM
Maugham's Life Essays

MY HEART YEARNED FOR A MORE DANGEROUS LIFE

我的心渴望
一种更加惊险的生活

[英] 毛姆 ——————著　　　董伯韬 ——————译

天津出版传媒集团
天津人民出版社

目录

Chapter 01

我和我眼中的
世界

对于我自己来说，

我是这世上最最重要的人。

我写这本书，是为让自己的灵魂摒去烦忧。有些想法在那里徘徊太久，令我不得安乐。我不图说服谁。我不好为人师。明白一个事理时，也不巴望告之于人。我不介意别人赞成不赞成。我当然认为自己对，不然，又何至于那样去想；我也当然觉得他们错了，不过，错归错，我并不以为忤。发现自己和大多数人意见相左，并不太会让我惴惴难安。我对自己的直觉尚有几分信心。

　　我应该那样写，俨然是个多么重要的人物；而且，真的，我——对于我自己来说——很重要。对于我自己来说，我是这世上最最重要的人。不过，我从没忘记，漫说"绝对"这样瑰玮的观念，单就常识而言，我也根本就微不足道。即令我从未存在过，对于宇宙，也没有什么不同。尽管我看似在写的一些作品定然寓有深意，可我想说的只是，于我而言，它们不过是谈东论西时碰巧提及的话头。我想，几乎没有哪位严肃的作者（我所谓"严肃的作者"不限于那些只写严肃之事的作者），能对他们的作品在自己身后的遭际完全置之漠然。文学作品之不朽至多不过几百年，之后，这一"不朽"几乎就只围于教室之内了。是以，让人想来惬心写意的，不是获得不朽声名，而是能被几代人兴致盎然地阅读，以及能在本国文学史上有一隅之地，无论多么狭仄。但平心而论，后一结果虽不虚妄、虽有可能，我却仍存疑虑。有生之年，我已目睹好几位作家没落式微、为世所忘，他们都曾显赫一时，文名远在我之上。我年轻时，乔治·梅瑞狄斯[1]和托马斯·哈代[2]看似一定会留名后世；然而，在今天的年轻人心目中，他们已然是明日黄花。无疑，今后也会有个把批评家时或找个题目来为他们写下点儿文字，那也许会让这里或那里的读者去图书馆找出他们的这本或那本书来翻翻；但我认为，他们两位显然都没有写出像《格列佛游记》《项狄传》[3]或是《汤姆·琼斯》那样的传世之作。

假若在后文中，我给人直抒胸臆、肆言无忌的印象，那也只是因为我觉得在每句话前不是"窃以为"就是"私意"实在惹人厌。我说的一切都只是一己之见。读者或取或弃，皆可。要是他能耐着性子读下去，他会看到：唯有一事，我能确定，那便是人能确定的事少之又少。

笔耕之初，我信手写来，仿佛那是世上最自然不过的事。我弄笔就像鸭子戏水一样。时至今日，我还是不免诧异我怎么就成了作家——一种无从抵抗的爱好令我成为作家，舍此，别无他故；而且我也不知道这一爱好为什么会在我心中萌生。悠悠百年，家族中人一直在法律界供职。据《国家人物传记大辞典》记载，家祖是"联合律师协会"两位创建者之一，在大英博物馆的图书目录中，他的法律著作有一长串。他只写过一本与法律无关的书。那是一本随笔集，收录了他为当时几家体面的杂志撰写的文章，那本书刊行时，为得体合宜起见，他没有署名。那书以前我有一册，小牛皮装订，很是漂亮，不过，我从未籀读，自那以后，也再没入手过。多想那本书此刻还在手边啊，那样，我或许就能从中领略到几分他的为人。身为他创办的那个律师协会的秘书，他在法院街住过很多年。荣休后，他在位于肯辛顿戈尔（Kensington Gore）的一处宅邸里退隐，从那里可以俯瞰海德公园。当时同人送的礼物有一个托盘、一套茶具和咖啡用具，还有一个分层的果盘，都是银质的，那般硕大，那般绮丽，这些银器自收到之日起就成了后人的累赘。

一位上了年纪的诉讼律师（我打小就认识他）告诉我说，他做见习文员时曾受邀和祖父共进晚餐。席间祖父刚切开牛肉，这时一名仆人向他递上一盘带皮烘焙的土豆——裹着厚厚的黄油、胡椒和盐巴的带皮烘焙的土豆，几乎没有比它们更可口的美味了，但是显然祖父并不这么认为。他坐在首座，只见他从座椅上站起身，从盘子里拿起一个个土豆，把墙上的画砸了个遍，然后，一言不发，坐下继续用餐。我问我那位朋友，家祖这么做对同他一起用餐的人有什么影响，那位上了年纪的诉讼律师说谁都不在意。他还跟我说，祖父是他见过的最丑的小个子。为了亲眼看看祖父是不是真有那么丑，有一次我还去了法院街"联合律师协会"大楼，那里有他的一幅肖像。假如我的那位老绅士说的话是真的，那么，画师必是"面谀"（flattered）祖父了。他给了祖父两道乌黑的浓眉、一双俊朗的黑色的眼睛，眼神中有一抹淡淡的嘲弄，下巴坚实，鼻梁挺直，嘟着嘴，嘴唇红红的。

风扬起他那一头乌发就像拂动安尼塔·卢斯[1]小姐的秀发一样，恰到好处。他手中握着一支鹅毛笔，身畔那叠书无疑是他自己的大作。虽是一袭黑衣，但出乎我的意料，看上去并不那么望之俨然，反倒略带几分促狭。多年前，祖父的一个儿子，也就是我的一位叔父过世了，在将他的文件付之一炬时，我偶然看到一本祖父的日记，是19世纪初年轻的他游历法国、德国和瑞士时所记。那样的旅行，我想，就是所谓"小游"吧。我记得在描述沙夫豪森（Schaffhausen）那并不怎么起眼的莱茵河瀑布时，他感谢全能的上帝，借由创造这无与伦比的大瀑布，上帝令他那些可怜的造物有机缘面对他的神工妙制，相形之下，进而使他们认识到自身的渺小卑微。

1　安尼塔·卢斯（Anita Loos，1888—1981），美国著名女编剧、制片人，代表作为《女人们》。

＊　　　　　＊　　　　　＊

我很小的时候，父母就过世了。母亲走时，我八岁；十岁时，父亲也走了。关于他们，我知道的很少，都是听人家说。父亲去过巴黎，做过英国大使馆的诉讼律师，我不知道他这样选择的原因，想必是对未知的渴望吸引了他——同样的执念也吞噬了他儿子。他的办公室正对着大使馆，在圣奥诺雷区（Faubourg St. Honoré），不过他住在当时的昂坦大道（Avenue d'Antin），那条街起自香榭丽舍圆形广场，轩敞宽阔，路畔栗树婆娑。就当时而言，他称得上游踪颇广。土耳其、希腊、干旱的小亚细亚都曾留下他的旅痕，在摩洛哥，足迹所至远及非斯，彼时该地尚访客寥寥。他搜罗了很多游记，安定街公寓里满是他带回来的各地风物：塔纳格拉陶俑啦，罗德岛陶器啦，刀柄上镌有华美银饰的土耳其短刀啦……我父亲四十岁时和我母亲结婚，他比母亲年长二十几岁。母亲容颜姣好，父亲相貌丑陋。有人告诉我说，在当时的巴黎，我的父亲和母亲是远近闻名的"美女与野兽"。我外公是军人，在印度过世，他的未亡人——我的外祖母，把一大笔财产挥霍殆尽后，在法国安顿下来，靠自己的养老金度日。我猜，她是个挺有个性的女人，或许还有几许才情，要知道她用法文写过那种"给女孩子看"（pour jeunes filles）的小说，还为一些"香闺小调"（drawing room ballads）谱过曲。我常想奥克塔夫·费耶[1]笔下那些出身高贵的女主角读的唱的就是这些小说、谣曲。我有一张她的照片，不大。照片上，她已届中年，穿着那种有箍架的圈环裙，星眸秀美，神情温蔼果敢。我母亲殊为娇小，一双褐色的大眼睛，浓密的金发泛着点儿红。她眉眼精致，皮肤也好，人们非常倾慕她。安格尔西夫人和我母亲是故交，情谊深厚。这位夫人是美国人，高寿，不久前刚谢世。她告诉我，有一次，她问我母亲："你这么美，这么多人都钟情你，嫁的人又丑又矮，怎么还那么忠于他？"我母亲回答道："他从没害我伤心过。"

母亲的信件我只看过一封，那是我在叔父过世后翻阅他的遗稿时偶然发现的。我叔父是位牧师，母亲在信中请他

1　奥克塔夫·费耶（Octave Feuillet，1821—1890），法国小说家、剧作家。

做自己孩子的教父。她言辞朴素而又虔诚，希望叔父应承做教父，从而借由他神圣的召唤来培育陶冶那个刚出生的孩子，让他日后成为一个好人，敬畏上帝。母亲特别爱看小说，在昂坦大道公寓的台球室里，两个大大的书橱里都是陶赫尼茨书店印的书。她有肺结核，我还记得几头驴子站在家门口一字排开给她供应驴奶——那时人们认为驴奶能治肺结核。每到夏天，我们常去多维尔（Deauville）消暑，在那里赁屋而居。当时的多维尔还没成胜地，只是个小渔村，比起明艳的特鲁维尔（Trouville）来黯然失色。在她生命临近终点时，我们在波城（Pau）度过了几个冬天。有一次，可能是在咯血之后，她躺在床上，自知将不久于人世，这时一个念想袭上心头，她想到自己的儿子们长大后都不知道她离世时的模样，于是叫来女仆，命她为自己穿上白色的锦缎晚礼服，专门去照相馆照了张相。她有六个儿子。最后她是在分娩时去世的。彼时，医生们有一种理论，认为生孩子对患肺结核的妇女有好处。她故世那年三十八岁。

母亲去世后，她的女仆成为我的保姆。而在那之前，我都由法国保姆照管，上的也是法文小学。我那时英语很差。有人告诉我说，有一回我看见列车车窗外有一匹马，便喊道："Regardez, Maman, violà un'orse."。[1] 我觉得父亲有一颗浪漫的心。他曾想建屋造房，住在里面消夏，于是就在叙雷讷（Suresnes）的一座小山顶上买了块地。那里景色绝佳，可俯瞰平野，远眺巴黎。一条路缩起塞纳，一个小小的村落枕在河畔水湄。待至完工，它将宛若博斯普鲁斯海峡上的一座庄园，顶层凉廊缦回。那时，每个礼拜天，我都和他一起乘游船（bateau-mouche）沿塞纳河而下，去那里看看施工进程。房顶还在建呢，父亲就开始买火炉用具装饰屋子了。他订购了大量玻璃，并在上面刻了一个抵御"邪恶之眼"的符号。父亲是在摩洛哥发现的这个符号。那幢房子是白色的，百叶窗漆成了红色。花园设计完了，房间也都布置好了，父亲去世了。

---

1 法文，意为"看哪，妈妈，一匹马"。

　　　　*　　　　　　　*　　　　　　　*

　　我从法语学校退学之后每天去大使馆附设的教堂的牧师家里上课。那位牧师教我英文的方法就是让我朗读《标准报》上登的那些治安法庭新闻。有一次，是读一起发生在巴黎—嘉莱区间的列车谋杀案，那些可怕的细节让我毛骨悚然，到现在都心有余悸。那时我大概才九岁。在很长一段时间里，我都搞不准英文单词的读音，在预备学校时，有一次把"unstable as water"（动若流水）这个习语中的"unstable"读得像是和它押韵的"Dunstable"[1]一样，惹来一阵爆笑，令我羞愧难当，至今耿耿于怀。

　　有生之年，我上过的英语课从没超过两次，要知道虽然我在学校里也曾练笔，但不记得有谁曾指点我如何组句、怎样成篇。我上的是两节迟开的课，是以，我不敢奢望获得

————————

1　Dunstable，即邓斯特布尔，英国一地名。

多大教益。第一节课就在几年前。当时我要在伦敦待上几个星期。我请了一位年轻女士做我的临时秘书。她腼腆、清秀，正沉迷在一段恋情中，对方是个已婚男人。我刚写完《寻欢作乐》(*Cakes and Ale*)，打字稿在周六上午送到了，我问那位女士是否能关照一下，把打字稿拿回家，用周末这段时间将它校订一遍。我的本意不过是想请她记下打字员可能出现的拼写错误，以及指出不易辨读的字迹所造成的疏误。可她是个尽责勤谨的年轻人，我始料不及的是，她竟把我的话当真了。待到周一上午，她带回了打字稿，同时还附了校订意见，写在十七英寸长、十四英寸宽[1]的写字纸上，居然有四页之多。我得承认，乍一看我有一丝不快；但转念一想，她劳心劳力，而我如果连汲取可能得到的裨益都不愿，那不免有悖情理。于是，我坐下来斟酌起这些意见。我猜这位年轻女士曾在文秘学院修过课，她按照她的老师们给她批阅作文时用的那种细琐的方式来审读我的小说。批语写满四页整洁的写字纸，犀利而又严峻。我不禁臆测，文秘学院那位英文教授想必绝不会支支吾吾、半吞半吐。他画定一条标准线，不容置疑。任何事上，都不许两种见解并行不悖。他

1　十七英寸长、十四英寸宽，约合 0.4318 米长、0.3556 米宽。

这位高足不能容忍介词出现在句子末尾，用叹号来表示她不赞成使用某个俗语。她似乎觉得，一个词在同一页纸上不能出现两遍，每遇到这种情况，她总愿意替换成一个同义词。如果我纵笔写出一个侈达十行的句子，她就会加上这样的批语："厘清本句。务请将其分为两句或两句以上。"当我利用分号来表示一个惬意的停顿时，她会指出"用句号"；若是我冒昧地用了个冒号，她就会来上一句锐评"陈旧"。不过，她把最苛刻的评语甩给了那些我认为相当好笑的事："您确定是真的？"综上种种，我只好得出这样一个结论：她学院里的那位教授应该不会给我很高的分数。

给我上第二节课的是一位在大学执教、聪明睿智、风采照人的先生。当时我在修改另一本书的打字稿，他正巧和我住在一起。他待人亲切，说想读读那部稿子。我迟疑了。因为我知道他品诗衡文一向以难以企及的卓越为标准；同时，虽然我感觉得到他精通伊丽莎白时代的文学，但他过分推许《伊斯特·沃特斯》(*Esther Waters*)，让我不很相信他评鉴当代作品的眼力——但凡熟稔 19 世纪法国小说的读者，都不会那么看重那部作品。话虽如此，我还是渴望能尽力完善自己的作品，故而，也期盼他的评说能对我有所助益。他说得其实很宽和。我得出的结论是，他是以看大学生作文的方式来看我的书稿的，而正是这一点特别吸引我。我认为，这位先生在语言上是有天分的，而他的行当又是培养这一天分的行当；在我看来，他的品位没有一丝瑕疵。他认为个别词汇饶具冲击力，他对此的坚执深深触动了我。比起悠扬婉转，他更喜欢那些雄浑刚健的词。例如，我在书稿中曾写道"一座塑像将被放在某个广场上"，那位先生建议我写成"那座塑像将矗立在广场上"（the statue will stand）。我没照他说的做，我的耳朵受不了那种头韵。我还留意到，他认为遣词用语不仅是为了让句子匀称，也是要让思想工稳。旨哉斯言，须知一个想法若突兀地说出，就会失去力道；不过，这里有个分寸问题，它也有可能弄出冗词赘语。了解舞台对白会有助于理解这一点。有时，演员会对作者说："这段话里您再添一两个词，好不好？要是不说点儿别的什么，我这段台词就没味啦。"我一边聆听那位先生的评说，一边不由得想，我要是在年轻的时候就有幸听到这样睿智、通达、亲切的建议，现在应该写得不知有多好啦。

*　　　　　*　　　　　*

　　偶尔自问，如果自己这一生专心致志地投身文学，我是不是可以成为一个更出色的作家。年轻时，具体多大我忘记了，我就认准了一个道理：此生即永生，活要活得精彩。我觉得只是写作远远不够。在我的人生设计中，写作自然是其中一个基本要素，但，除此之外，我也会参与所有其他适合人类的活动，直到死亡为我的一生画下那个圆满的句号。

　　我天赋不好，个子矮。虽然耐力还行，但力气不够大，口齿也不伶俐，性格腼腆，体质柔弱。我一点儿运动天分也没有，而在英国人的日常生活中，运动和竞技却占有莫大的比重。不知道是出于上面的哪个原因，还是我天性如此，在同伴面前，我总有一种本能的茬弱。因为这一点，我很难和他们熟络。我喜欢个体意义上的人，但从不喜欢群体意义上的人。那些让人和人一见之下便倾心相与的迷人魅力我一个也没有。虽然随着阅世渐深，我已学会了与生人热情寒暄，但我从没有第一眼看去就喜欢上某人的经验。在火车上，从来没有和一个我不认识的人打过招呼；在客轮上，我也从来没和一个同船的旅客攀谈过，除非人家先和我搭话。体质羸弱让我不胜酒力，于是也就无缘消受酒精促成的人与人之间的亲密。健朗的幸运儿们酩酊之际觉得天下一家、四海之内皆兄弟，可我三杯下肚，胃里就已开始倒海翻江了，萎顿得像条病狗。上述种种，无论对于作家还是对于一般人，都是极大的不足。我必须好好应对。我不是说我的做法好，但，我想，我也只能顺其自然，在如此有限的能力范围内，尽力做到最好。

在探寻何为人类的特有品质时，亚里士多德指出，人能生长，植物一样能；人有知觉，动物同样有；但是，人拥有理性，植物和动物却都没有。因此，他认为，人特有的品质就在于其有灵魂活动。不过，他并没有据此认为人应该全面发展他所归纳出来的那三种能力；相反，他认为人只应追求为人所特有的品质——理性。哲人和道学家们一直都对肉体满怀疑虑。他们指出，肉体的满足是短暂的，朝荣夕萎。但，饶是如此，快乐终究是快乐，哪怕它不能给人恒久的愉悦。大热天里，一头扎进冷水不亦快哉，尽管只消片刻，皮肤对冷水就不再那么敏感。白色无论是维持一年还是一天，都不会显得更白。于是，我把尝试体认一切感官快乐也纳入自己的人生设计。我并不怕"过分"，偶尔过分会让人心醉；相反，"节制"久而久之会演变成一种要死不活的习惯。"过分"能让身体获得滋养，神经得到休息。在身体尽情享受快乐的时候，常常也是精神最为轻松惬意的时候。的确，有时候，从贫民窟里看到的星星比从山顶上望见的更加璀璨。最强烈的肉体快乐是交欢的快感。我曾认识一些终日寻欢逐乐的人，他们现在都已垂垂老矣。他们认为此生足矣，这让作为旁观者的我不免有几分讶异。我的不幸在于，生性挑剔，故而难以纵乐忘我。而正因为难以满足，我一直都在追求"节制"。偶尔，看到那些在欢爱中尽情尽兴的人，与其说我羡慕他们的艳福，不如说我讶异于他们胃口的强健。显然，假如你愿意拿羊肉末和芜菁叶当正餐，也就不会时不时地饿肚子。

大多数人都随波逐流、随遇而安，听任无常命运的摆布。很多人因为出身原因，为了谋生，只能在一条逼仄的小路上踽踽独行，没有改变方向的可能。他们只能接受某种活法。这是生活强加给他们的。不过，比起人们自主选择的活法，那样的活法也不一定就差。只是艺术家有种特权。这里我用"艺术家"这个词，不是为了给他们的作品附加上什么额外的价值，而就是用它的字面意义，指那些以艺术为业的人。我真心希望能找到一个更好的字眼儿。说"创造者"，听来有点儿自命不凡，而且所谓的独创性也极少落到实处；说"手艺人"，又有点儿不太妥当。木匠是手艺人，尽管从狭义上，他可以称得上一位"艺术家"，但一般说来，他不那么自由，而哪怕最没才气的码字儿的或者最拙劣的画画儿的也有一份自由。在一定的限度内，艺术家将他的爱好变成他的生活。而在其他行业里，比如医药界或者法律界，你当然可以自由选择是否做医生或者律师，但一旦入了行，你也就再不能从心所欲了。你必须遵循你的职业规范；某种行为准则将强加在你身上。活法都是已然定好了的。只有艺术家，也许再加上罪犯，才能创造自己独有的活法。

可能是出于追求秩序的本能，我年纪轻轻就想找到自己的活法，也可能是因为我早早就发现了自己的偏好，这一点我后文再说。早早为自己定下活法，这样做的缺点是有可能会扼杀生命中那份从心所欲。现实生活中的人和小说中的人物之间大相径庭，其不同就在于真实的人无一不是冲动的产物。有人说，玄思就是找些糟糕的理由来搪塞敷衍我们生来就相信的东西。易言之，在现实当中，我们惯于用所谓的思考来为我们想做的事情找理由。而为冲动所左右正是一种活法。依我看，选定一种活法有一个更大的缺点，那就是它让人们过于为未来而活，而不是活在当下。老早以前，我就意识到自己有这个毛病，而且还试图下功夫改正，终于不了了之。如果不是要为难自己，我从来不曾希望当下正在逝去的这一刻略作停留，以便让我汲取更多乐趣。要知道，哪怕这一刻为我带来了我所企盼的结果，我的想象也会在心愿达成之际转而憧憬未来那些未定的快乐。每当我从皮卡迪利大街南面走过的时候，总想此刻北面有什么故事。这很傻气。时下即将逝去的一刻是我们唯一能把握的东西，尽心竭力从中获取最大的价值，这才是应该做的事。总有一天，明日会变成今朝，而未来也会像现在一样庸常。这是常识，可是它对我却裨益无多。我并不是觉得现在多么不如人意，只是把它视为理所当然。它已然成为我的活法的一部分，而令我念兹在兹的是那些未来的时光。

我有很多过愆。有时我会犯作家特别容易犯的错，那就是想把自己小说中的人物带到自己的生活里，自己来演上一演。我曾试过去做与自己天性相悖的事，而且因为虚荣心不允许我认栽，就一路扛到底。我曾太在意别人的意见。我曾因为不敢让人伤心而为一些毫无价值的东西牺牲自己。我曾做过好多蠢事。我敏感的良知，对自己的一些作为总是无法释怀。如果我是天主教徒，我就可以在告解时将这一切一吐为快，而在行过忏悔礼、得到赦免之后，就将所有愧疚一劳永逸地抛诸脑后，可我没有这样的幸运。我只得依照我的常识、我的良知的指示去回应我的过愆。我也并不为此后悔，要知道，正是由于犯过这些错，我才学会了包容。这用去了我很长的时间。我在年轻的时候很狭隘。我迄今还记得自己第一次听人说"伪善是恶行奉与美德的祭品"时有多么气愤，这句话其实并不是那个人的原创，只不过我碰巧从他那里第一次听到而已。我当时想，一个人应该有承担自己恶行的勇气。我渴望做个诚实、正直的人。我难以容忍的不是人性的弱点，而是人性的怯懦。对那些墙头草、两面派，我总是嗤之以鼻。我从没有想过也许自己才是那个最需要别人包容的人。

＊　　　　　　　＊　　　　　　　＊

　　在我们眼中，自己的错都情有可原，别人的过失则罪无可赦。这情形乍看起来令人匪夷所思。我想，我们之所以无法原谅别人却总能宽宥自己，是因为我们对自己犯错的缘由了如指掌。对自己的缺点，我们惯于掉头不顾。当迫于形势而不得不面对时，却发现自己的错总是不无理由，不得不尔[1]。而我们这么轻易地原谅自己或许是对的，也未可知；因为所有那些错都是我们自身的一部分，我们应该同时接受自身的优点与不足。可是，当我们去评判别人的时候，做出裁断的却不是真实的自我，而是我们自己塑造的一个"我"，而这个"我"身上去除了所有能让我们自己脸红的元素，同时抛下了一切能让我们汗颜的成分。举个不起眼的小例子：当我们无意间发现一个人说谎的时候，我们是那么不屑。可

1　不得不这样。

是又有谁会坦承，自己没说过一次谎话，因为说了一百次？当我们在杰出人物身上发现软弱和猥琐、诈伪与自私、私生活的不检点，以及虚荣或者放纵的时候，我们会感到震惊；当向公众揭露他们的英雄的缺点时，很多人觉得，那是件不光彩的事。其实，人与人之间并没有多大不同。他们无不都是伟大与渺小、美德和恶行、高贵与卑贱的混合物。只是他们当中有些人有更坚强的性格，或者更多的机遇，于是在这个或者那个方向上就使他们的本能得到了更为充分的发挥。但从潜在的可能性上来讲，人们并没有什么两样。拿我来说，我并不认为自己比大多数人更好或是更糟，不过，我知道，如果我把自己在生活中的一举一动以及脑海中闪过的每个念头都记录下来的话，世人肯定会认为我是个大恶魔，罪不可赦。

一个人在检视了自己的所思所想后，怎么还能有脸去指责别人，对此我很是不解。我们把自己的大部分生命都花在了幻想上头，我们的想象力越丰富，这种幻想就越多彩、越逼真、越生动。假如我们的这些幻想全都能自动地记录并呈现在我们面前，那么，我们中有谁敢于直面它们呢？我们肯定羞愧难当。我们一定会大喊：假的，都是假的！我们不可能那样卑鄙、邪恶、吝啬、自私，不可能如此下流、势利、虚荣、感情用事，不可能！然而，我们的幻想和我们的行为一样，的的确确就是我们自身的一部分。如果有一种生物能洞察我们最隐秘的心思的话，也许就像对我们的行为一样，我们也该对我们的这些念头负责了。人们会忘记浮现在自己头脑中的那些可怕的念头，而当他们在别人身上发现有同样的想法时却会义愤填膺。在《诗与真》之中，歌德讲到自己年轻时一想到父亲只是法兰克福一个出身市民阶层的律师就觉得无地自容。他认为自己的血管里一定流淌着贵族的血液。所以，他一心说服自己，当初，有位王公贵族路经他们这个城市，与他母亲邂逅并爱上了他母亲，而他就是他们爱的结晶。在我读的那一版中，编者满心愤慨地为此写了一个脚注。在他看来，一位这么伟大的诗人居然会如此势利，竟巴望自己是贵族的私生子，还不惜为此怀疑亲生母亲不容置疑的美德贞操，实在是不光彩。当然，这件事的确是有些丢人现眼，但也没有那么荒诞不经，而且我不揣冒昧地说一句，也并没有怎么太出格。肯定会有那么几个浪漫不羁、桀骜不驯而又极具想象力的孩子曾有过这样的心思，他们觉得自己不可能是那个老古板的儿子，他们依照自己的气质，将自己身上的那种优良基因归诸一位匿名的诗人、伟大的政治家或者执政的王侯。歌德晚年那超凡之姿令我心生崇敬，而他的这份坦然则使我产生了一种更为温暖的情感。因为一个能写出伟大作品的人也仍旧是人。

我以为，那些圣徒们在为懿德善行鞠躬尽瘁之后，在忏悔已经救赎了自己的罪愆之后，仍令他们备受煎熬的，应该就是那些不以他们的意志为转移、依然深植于他们心底的种种恶念——淫猥、鄙陋、卑劣、自私，难以尽述。众所周知，圣依纳爵·罗耀拉[1]在蒙特塞拉特修道院做过总告解并且接受了赦罪书之后，仍旧自感罪恶，深受其累，甚至到了想一死了之的程度。在他决意归主之前，他过的无非是当时一般世家子的生活：知道自己一表人才，对此有点儿无可厚非的自负，曾眠花宿柳，曾呼卢喝雉。但至少在某种情境里，他曾表现出罕有其匹的豪侠气度，而且他一直都是个正直、忠诚、慷慨和勇敢的好人。如果说他依旧无法获得安宁，那想来让他无法原谅自己的就应该是他的思想了。知道就连圣徒都这么备受折磨，对我们来说真是一种安慰。每当我看到尘世间那些大人物那副道貌岸然的样子，就会暗自思忖：在这样的时刻，他们会不会记起自己独处的时候头脑中

1　圣依纳爵·罗耀拉（St. Ignatius Loyola，1491—1556），西班牙贵族、天主教圣徒、耶稣会创始人。

闪现的那些想法？当他们想起自己藏在潜意识里的那些秘密时，他们是否会因此而感到难为情？在我看来，知道人人都有类似的幻想，这会让我对人对己抱持几分宽容。如果它们能够使得我们以幽默的态度来看待我们的同胞，即便是最杰出、最值得尊敬的那群人；如果它们能引导我们别太把自己挂在心上，倒也未尝不是一件好事。当我听到法官们在法庭上津津有味地大肆说教之际，就忍不住想他们是否有可能像他们标榜的那样完全彻底地忘掉他们的人性。我曾希望，法官大人能在老贝利[1]的那束鲜花旁边再摆上一包卫生纸。那会让他明白，他和别人一样，也是人，人而已。

1　英文为 The Old Bailey，即伦敦中央刑事法院。

*   *   *

　　有人说我愤世嫉俗。有人指责我把人编排得过于卑劣、失真失实。我觉得我并没那样做。人的某些品性，许多作家都闭目不视，而我所做的一切不过是把它们暴露出来而已。我觉得，人最让我惊愕的地方就是他们身上缺少一致性。我从没见过一个浑然一体的人。令我诧异的是，那些最不相宜的特质竟能存在于同一个人身上，而且饶是如此，居然还能生出一种似是而非的和谐。我时常自问，那些特征，看似互不相容，却又何以能在一个人身上并存。我认识肯自我牺牲的骗子、心地善良的小偷以及把一分钱一分货视作节操的妓女。我能给出的唯一解释就是，每个人都坚信自己在这个世界上是独一无二、得天独厚的。这是本能，乃至于他会觉得，无论别人多么不以为然，他自己的所作所为，如果称不上公正、说不上对，至少也是可以被宽恕的。我在人们身上发现的这种反差一直吸引着我，可是我觉得我并没有过度强调它。不时加之于我的非难可能要归因于这一事实，即对于自己虚构出的人物，我不曾明确地谴责他们身上的恶，也不曾赞美他们心中的善。想必是我错了：我不会因为别人的罪而震惊万分，除非那些罪影响了我，而且即便它们真的影响了，我到最后大体上也会学着原谅他们。不宜对人寄望太多。他们待你好，你自当心存感激；他们对你歹，你也应淡然以对。适如那位雅典的陌生人所言："因为我们当中的每个人的为人在很大程度上都是由自己欲望的倾向和灵魂的质地造就的。"正是由于缺乏想象力，人们才无法从除自己角度外的其他任何角度看待万事万物，而如果因为他们欠缺这一心智、能力便对他们发火，那就过分了。

如果我只看到人们的缺点却不能或不愿看到他们的美德，那么，我认为，人们责备我理所当然。不过，我没意识到这样的情形。没有什么比"善"更美。按照一般标准，有些人或应受到无情的谴责，但，对我来说，能将他们身上多多少少的"善"展现出来，是件快事。我展现"善"，因为我看见了"善"。有时，在我心目中，在他们身上，"善"更加熠熠生辉，因为在那里它被罪的黑暗包围。我把良善者的良善视为理所当然，发现他们的过失或者恶习时，不禁莞尔；而看到恶人身上的"善"时，我会深为感动，情愿对他们的恶行宽容地耸耸肩。我不是我的弟兄的守护者。我不去论断我的同伴，能观察他们，我就知足了。而通过观察，我相信，好人和坏人之间的不同终归没有道德家们要我们相信的那么大。

总的来说，我不从表面看人。我不知道这种详审细察的冷静是否遗传自我的祖辈，如果他们没有那份不为表象所蒙蔽的练达洞明，怕是做不了成功的律师。或者该把这种冷静归因于我素乏"人来疯"的兴致，而恰恰因为这种心血来潮，许多人才会像俗话说的那样，把"家鹅当天鹅"[1]。我学医时受到的训练一定也促发了我的冷静。其实，我并不想当医生。我只想当作家。但我太怕羞，说不出口——那时候，从没听说过哪个体面人家的男孩子，才十八岁，竟会想以文学为业。这个想法太荒谬了，我就连做梦也没想过要把它告诉别人。我原本一直设想自己会从事法律工作，可我那三个比我年长许多的哥哥都已经在干那行了，似乎已经没有多少余地留给我了。

1　指敝帚自珍。

　　　　*　　　　　　　*　　　　　　　*

　　我早早就离开了学校。父亲去世后，我被送到了一所
预备学校，那所学校在坎特伯雷，与我叔父——也就是我的
监护人——担任牧师的教区惠特斯特布尔相距六英里[1]，我在
那里过得很不开心。它附属于历史久远的国王公学，而我到
十三岁的时候，也按部就班升入了那所公学。低班的老师尽
是些爱欺侮人的恐怖的恶棍。离开那里时，我还蛮惬意。可
当我染了一场病，只得在法国南部待了一个学期后，就又惨
起来了。我母亲和她唯一的姐姐都死于肺结核，当发现我肺
部也出现了感染时，我叔父和婶婶都很焦心，把我托付给耶
尔的一位家庭教师。等我重又回到坎特伯雷，就不怎么喜欢
那个地方了。我的朋友都有了新朋友，我落单了。我被调进
了高班，但因为有三个月不在，我无处安放自己。我的年级

1　英里，英美制长度单位，六英里约合 9.6558 千米。

主任也总挤对我。我便跟我叔父说，冬天就要到了，如果我不待在学校，而是去里维埃拉，那对我的肺会大有好处，然后再从那里去德国学德语；在德国，我可以继续学习进剑桥的那些必修科目。他听进去了。他耳根软，我的理由又似乎不无道理。他并不怎么喜欢我，这倒也不怪他，要知道就连我自己都不觉得自己讨人喜欢；不过，既然我读书花的是我自己的钱，他也就愿意随我的愿。我婶婶对我的计划大加赞许。她本身是德国人，身无分文，偏又出身高贵；她的家族纹章上有扶盾的人，盾上还有很多纵横四分的区块，对此她既倨傲又拘谨。我曾在别处讲到过，一个家境优渥的银行家在她家附近赁屋消夏，她却因为他是个生意人而不愿去探访他太太，尽管她不过是个穷牧师的妻子。是她安排我住进海德堡的一户人家，那是她从自己慕尼黑的亲戚那里打听到的。

但当我从德国回来，十八岁的我对未来已经有了很明确的看法。归国前，我比以往任何时候都快乐。我第一次领略到自由，一想到要去剑桥，一想到要再被束缚，我就受不了。我感觉我是个生龙活虎的人，迫不及待地想立马投身生活。我觉得一分一秒都不容浪掷。我叔父本来一直希望我做牧师，尽管他早该知道，我这么结巴，再没有比当牧师更不合适的职业了；于是，我跟他说了我不想当牧师。他便一如既往、无可无不可地同意我不去剑桥读书。当时关于我该做哪行的争论甚是荒诞，我到现在还记得。有人主张我应该去做公务员，于是叔父便给他在牛津时的一位旧友写信咨询，而那位内政部要员的回复是，鉴于考试制度以及由该制度引进的政府工作人员所隶属的社会阶层，今日之政府断非绅士栖身之所。于是，问题不再是问题了。人们最终决定，我应当去做一名医生。

医生这个职业并不吸引我，不过学医让我有机会生活在伦敦，并由此得到我梦寐以求的人生经验。1892年秋天，我进入圣托马斯医院。我觉得头两年的课程枯燥无味，对功课也不怎么上心，成绩只是勉强及格。我学习不好，但我有了我渴望的自由。我想拥有属于自己的住所，可以在那里与自己为伴。我要把它布置得悦目又可心，并将为此骄傲。我所有的余暇，以及那些本该攻读医学的时间都被用在阅读和写作上了。我读了很多书，笔记本上记满了我的小说和戏剧构思，还有片段的对话，以及阅读和当下的种种体验所给予我的率真的感悟。我鲜少关注医院的生活，也几乎没有什么朋友，要知道那时我一心扑在别的事上；不过，两年后，我到门诊部去做办事员，那时，我开始对它感兴趣了。等我开始在病房内工作后，我的兴趣迅猛提升，以至于在解剖一具过分腐烂的尸体时感染了化脓性扁桃体炎，只得卧床休息。可我等不及完全康复就又开始工作了。为了得到行医执照，我必须参加一定数量的接生，这就意味着我得去兰贝斯的贫民窟。经常出入那些肮脏的院落，那些地方连警察都不敢贸然进入，但我那黑色的医用皮包充分保护了我，我开始觉得这份工作迷人了。有一段时间，我夜以继日地值意外事故的班，为紧急病例提供急救服务。这让我疲惫不堪却又异常振奋。

＊　　　　　　　＊　　　　　　　＊

　　因为在这里，我接触了我最想要的东西，那就是原汁原味的生活。在那三年里，我清楚地见证了人所能拥有的每一种情感。这逗引出我的戏剧天赋，激发出我的小说才华。甚至直到现在，四十年过去了，有些人我仍记得清清楚楚，能毫厘不爽地绘出他们的形貌。我当时听到的只言片语，此际仍在我的耳畔萦绕。我看过人们如何死去；我看过他们怎样忍受痛苦；我看过希望的风姿、恐惧与解脱的神采；我看过绝望怎样在一张脸上刻下黯然的皱纹；我看过勇敢和坚毅；我看过信念如何在人们眼中辉映，他们所信仰的一切在我心中却只是虚妄的幻象；我看过英风豪气如何令一个人以讥嘲、以玩笑致意死神的诊断，他太过高傲，不愿让身旁的人看到自己灵魂的恐惧。

　　在那个时代（那个大多数人都享有充裕的闲逸的时代，那个和平与繁荣似乎确定无疑的时代），有一派作家缕述苦难的道德价值。他们宣告，苦难有益。他们声称，苦难增进同情心，提升感受力。他们断言，苦难开辟了美的新途径，通向圣灵，使它得以触及上帝的神秘王国。他们还宣称，苦难能坚定、净涤性格，汰去人性的粗鄙，将更完美的幸福带给那些寻求而非回避它的人。有几本由此类语句杂凑而成的书大获成功，而它们的作者住在舒适的家中，三餐无虞，身康体健，声名显赫。我在我的笔记本上，不是一两次，而是十几次记下我所目睹的事实。我明白，苦难并不使人高贵，苦难让人堕落。它会使人变得自私、吝啬、卑鄙而又多疑；它令人溺于琐屑。苦难不会使人卓越，苦难只会使人庸劣。我曾残忍地写道：我们学会顺从，但并不是从我们自己的苦难里，而是从他人的苦难中。

在我看来，所有这一切都是珍贵的经验。对于一个写作者来说，应该去当几年医生。我不知道还有没有比这更好的历练了。我猜，在律师事务所里你也可以谙熟人性；不过，一般而言，你在那里不得不应对的是一些有充分自制力的人。他们跟律师说谎，大概和对医生说的一样多，可是在律师面前，他们能把谎说得更圆。而且对律师而言，可能也无须了解真相，要处理的通常都是实质利益。他是从自己专业的角度来看待人性的。可是医生，尤其是住院医生，看到的是赤裸的人性。一般说来，缄默都会被打破，常常根本就没有缄默。恐惧会击溃一切防备心，甚至虚荣也在恐惧面前瑟缩。大多数人都热衷于谈论自己，只是因为别人不愿倾听，他们才约束自己不去倾诉。大部分人身上养成的矜持都是一种做作，是数不尽的悍然拒绝的结果。医生谨慎，倾听是他的本分，对他的耳朵来说，什么细节都能听，没有私密。

不过，当然了，人性即便展现在你面前，可你如果视若无睹，那么，也什么都学不到。如果你囿于偏见，如果你多愁善感，那么，你纵使走遍医院的病房，到了终点也会和在起点时一样，对人性懵然无知。如果你想从这样的经验中获益，必须胸襟开阔，对人感兴趣。我觉得自己很幸运，虽然我一向不怎么喜欢人，不过，我觉得人有趣极了，所以几乎从不厌烦他们。我并不特别想说话，但很愿意倾听。我不介意人们对我有没有兴趣。我没有把自己拥有的知识传授给别人的念头。如果他们错了，我觉得也无须纠正他们。如果你头脑清醒，你可以从无趣的人身上得到很多乐趣。我记得有一次在国外，一位热心的太太想开车带我去四处看看，兜兜风。她说的都是老生常谈，都是套话，我很失望，不再留意她说什么。但她有一句话在我的记忆里扎了根，那句话很俏皮，真是罕有其匹。我们经过一排海边的小房子，她告诉我说："那是周末之屋，您懂我的意思不？换句话说，周末之屋就是人们礼拜六住、礼拜一离去的小屋。"我要是听不到这句话，一定会遗憾的。

我不想和无趣的人长待，也不愿和有趣的人久处。我觉得社交很累人。我想，大多数人都能在谈话中振奋精神，得到休息；可在我看来，谈天却一直劳心劳力。我年轻的时候口吃，谈天的时间一长，就特别疲惫。即便是现在，我不再那么磕巴了，但对我来说，聊天却还是辛苦。如果能躲开人，去旁边读读书，那对我来说真是如释重负。

*　　　　　*　　　　　*

我绝不会宣称，在圣托马斯医院度过的那几年让我彻底认识了人性。我想，任何人都不能指望洞察人性。四十年来，我一直都在有意或者无意地探讨人性，但是依然觉得人说不清道不明：一些我很熟悉的人会做出我认为他们做不出来的事；在他们的某个侧面，会显示出某种我从来都意想不到的特质。这让我惊讶。从医的经历可能让我的见解不免乖张，要知道我在圣托马斯医院里接触的大多数人都贫病交加，教育程度低。我对自己这一经历一直有所警惕。我也总是尽力避免有成见。我生来疑心重，总觉得人们更可能做坏事而非好事。这是为有幽默感不得不付的代价。幽默感会引导你从人性的反复无常中觅得乐趣，会让你质疑那些伟大的表白，并去寻找它们背后卑劣的动机。表象和实情之间的出入让你粲然一笑，而当你找不到这种歧异时，你也不难创造它。你往往对真、美和善闭起眼睛，因为它们没有空间任你调侃讥嘲。富于幽默感的人有看穿骗子的慧眼，却每每认不出圣徒。然而，若是说片面看人是为幽默感付出的沉重代价，幽默感也会给你宝贵的补偿：你在笑话人时，不会对人生气。幽默教人宽容，而富于幽默感的人，与其去斥责他人，更有可能只是耸耸肩、带着微笑，或者叹息。他不说教，他乐于理解。理解就是悲悯，就是谅解，真的。

　　不过，我必须承认，我总是勉力记住我对人性的这些保留意见。在那之后的岁月里，我的阅历也无非印证了我在圣托马斯医院的门诊和病房里所观察到的人性的真相。当时我并没有刻意去观察，一切都是不经意的，况且我也太年轻了。而自那以后我看到的人和我当初看到的并无不同，于是我就那样画出他们。或许它并不真实，而且我也知道很多人为之不快。无疑，它是片面的，要知道我自然是透过自己的癖性看人的。同是这些人，若是换一个活泼、乐观、健康、感情洋溢的人来看，一切会全然不同。我只能说，我条理一贯地看人。而在我看来，很多作者似乎根本就不观察，只是用臆造的形象来生造人物。他们就像是凭借回忆旧图来绘制新图的绘图员，从没尝试过描摹活生生的模特。他们充其量也就是给自己的奇思怪想勾勒出一个具体的外形而已。假如他们心灵高尚，他们会为你塑造一些高尚的形象，就算这些形象缺乏普通生活的无限复杂性，大概也无所谓。

我一向取材于现实。记得有一次在解剖室，我和实验演示员一起复习时，他问我某根神经是什么神经，我不知道。他告诉了我，我不以为然，因为它的位置不对。但他一再说它就是我一直在找而一直找不到的那根神经。我抱怨那是畸形，而他却笑道："在解剖学中，异常恰恰是正常。"当时我只顾生气，但还是将那句话烙在了心底，而自那以后，我不得不屡屡承认，它不但适用于解剖学，也同样适用于人。"正常"就是你几乎找不到的东西。"正常"只是理想。它是用人类一般特征杜撰的一幅画，要在单独某个人身上找出所有这些特征几乎是不可想象的。我提到的那些作者就是拿这幅假画当范本，而正因为他们描写的都是那么出类拔萃的人物，才难以令其栩栩如生。自私与慷慨、追求理想与耽于声色、自负、羞怯、无私、勇气、懒惰、紧张、固执，以及谦逊，这一切可以在一个人身上并存，形成一种似是而非的和谐。让读者相信这是真的，用了很长时间。

我猜，生活在过去几个世纪里的人和我们现在认识的人也没什么两样；不过，在同代人眼里，他们看上去一定比在我们眼里更单纯、更一致。要不，当时的作家岂会那样再现他们呢。依照各自癖性来描写每个人似乎是合理的：吝啬鬼除了吝啬就是吝啬，浮华人除了浮华就是浮华，而馋佬除了馋就是馋。谁都不曾想过吝啬鬼也有可能浮华矫饰，是饕餮大家，是知味者。然而，我们常常看到这样的人。更没谁想过，他可能是个诚实正直的人，对公共服务充满无私的热情，对艺术怀有真挚的爱。当小说家开始揭示他们在自身中发现或在别人身上看到的这种多样性时，人们却指责他们诽谤、污蔑人类。据我所知，第一位着意这样做的小说家是司汤达[1]，他用这一手法写出了《红与黑》。当时的批评界震怒了，甚至连圣伯夫都来斥责司汤达。其实，圣伯夫只需望向自己的内心，就会发现，以某种和谐的方式并立其间的品质何其迥异。于连·索雷尔是小说家创造出的最耐人寻味的人物之一。我觉得司汤达并未做到让这一人物完全可信。但我认为这也其来有自，我将在本书别的章节中谈及个中原委。就小说的前四分之三而言，于连·索雷尔的形象是完美统一的。有时，他让你满心恐惧；有时，他又令你满怀同情；但他有着内在的一致性。结果，你尽管时常战栗却顺服。

1　司汤达（Stendhal，1783—1842），19 世纪法国批判现实主义作家，代表作有《红与黑》《帕尔马修道院》等。

但，司汤达过了很久才成为典范。巴尔扎克，天资纵逸，刻画人物却一仍旧贯。他将自己丰沛的生命力施诸笔下人物，于是你将他们视作活生生的人；其实他们的癖性就像旧式喜剧中的角色一样固定。他的人物令人难忘，但呈现他们的角度却都是某种主导性的激情，这一激情也影响到所有他们接触的人。我猜，把人视作纯一之质，是人类根深蒂固的偏见。显然，以这样或那样的方式断定一个人，毫不迟疑地说"他顶呱呱"或者"他下流坏"，更省事。如果发现拯救自己祖国的英雄也许是个小气鬼，或者为我们的意识描画新的地平线的诗人居然是个势利眼，那真的会令人无措。我们生来自私，这使得我们按照他人与我们的亲疏远近来评判对方。我们希望他们在我们眼中是确定的，对我们而言，他们就是那样，只是那样；因为他们身上别的东西于我们无益，我们便无视。

人们何以那么拒斥那些刻画人的矛盾性与多样性的尝试，何以会在坦率的传记作者揭示出名人的真面目时愕然转身而去，原因盖在于此。想到《名歌手》中五重唱的作曲家居然在钱财上不讲信用，居然对有恩于他的人忘恩负义，确实让人痛心。然而，设若他没有那么大的缺点，或许也就没有那么大的才华了。我认为那些声言忽略名人缺陷的人不对，我觉得知道反而更好。那样的话，尽管意识到自己身上有和那些名人一样的刺目的瑕疵，我们也会相信，这无碍我们拥有几许和他们一样的美善。

＊　　　　　＊　　　　　＊

医学院的训练教我略知人性，粗通科学及科学方法。在那之前，我一心关注艺术和文学。因为医学院的必修课程很少，所以学到的知识并不多；但不管怎么说它让我看到了一条大路，通向那个我一无所知的领域。我逐渐熟悉了一些原则。我借此得以浅窥的科学世界是唯物且严密的，不过，因为它的有些概念与我的先入之见不谋而合，我便欣然拥抱了那些概念。要知道，正如蒲柏[1]所言，任凭人们怎么说，他们绝不会赞同别人的观点，除非那个观点与他们自己的想法一致。我欣然获知，人本身亦为各种自然因素的产物，其思维是其大脑的一种功能，与其身体的其他器官一样，同受因果律支配，而这一规律与支配星辰和原子运动的规律并无

1　亚历山大·蒲柏（Alexander Pope，1688—1744），英国著名诗人，代表作有《田园诗》《批评论》《劫发记》等。

二致。而宇宙亦不过是一台庞大的机器，其间，前因决定后果，以至于一切只能是其所是，别无可能。思及此，我狂喜。这些概念不仅引动我的戏剧天赋，还让我心中盈满一种甘美的解放感。带着青春的残忍，我欢迎"适者生存"这一假说。我很满意，当得知地球不过是一丁点儿泥，绕着一颗渐渐冷却的二等星转啊转，而"进化"产生了人类。继而，一面令人类不得不适应环境，一面褫夺人类已然获得的特质，只留下必备的能力让他们足以和日益增加的寒冷搏斗，直至这颗行星最终变成一粒冰冷的煤渣，上面一丝生命的痕迹都没有为止。我认为，我们是可怜的玩偶，听任冷酷的命运摆布，受缚于无情的自然律法，注定被卷入永无休止的生存斗争，而除了无可避免的失败，无可期待。我知晓人被野蛮的自私自利驱策，而"爱"不过是大自然玩弄我们的一个肮脏的把戏，只为求得物种的延续。于是我断定，无论人们为自己定下什么目标，都是自欺欺人，要知道除却营求一己之乐，他们追求什么都是枉然。

　　　　*　　　　　　　*　　　　　　　*

　　十八岁，我会法文、德文，也会点儿意大利文，但书读得太少，我深知自己的无知。我把自己能得着的书都看了。我好奇心极强，普罗旺斯诗歌专论或奥古斯丁[1]的《忏悔录》固然令我心醉，秘鲁史或一个牛仔的浮生漫忆也会让我神驰。我想，读书让我得到了一些普通知识，那对一个小说家来说挺有用。谁也不知道，"杂学"什么时候就会派上用场。我把看过的书都记下来，列成书单。碰巧，有一份还在，上面记的是我两个月里读的书。要不是我亲手记的，我都会觉得它不信实。上面写：我读了三部莎士比亚的戏剧、两卷蒙森[2]的

1　奥古斯丁（Augustine，354—430），古罗马帝国时期哲学家、神学家，其神学思想是基督教教义的基本来源。

2　特奥多尔·蒙森（Theodor Mommsen，1817—1903），德国历史学家、古典学者。1902年获诺贝尔文学奖。代表作为五卷本《罗马史》(第四卷未完成)。

《罗马史》、朗松[1]《法国文学史》的大部分，还有两三部长篇小说、若干部法国经典作品，以及几本科学类书籍和一部易卜生的戏剧。那时我真肯用功。在圣托马斯医院那几年，我通读了英国文学、法国文学、意大利文学和拉丁文学。我读了很多历史著作，也读了一点儿哲学作品和不少科学作品。我太贪多，为此没有多少时间来反思读过的书。我几乎等不及读完一本书，就忙不迭地要读另一本书。读书无时无刻不在历险。打开一部名著，我会像一个要去为自己一方辩护的明理的小伙子那样激越，或者，像一位要去参加舞会的细心的姑娘那样激动。记者为了发稿有时会问我，一生中哪一刻最为感动？我要不是磨不开，兴许会告诉他们说，就是我开始读歌德《浮士德》的那一刻。那种感觉我从未全然遗落，就连现在，一本书的头几页偶尔还会让我的血液在血管中奔腾起来。阅读之于我，适如谈天打牌之于他人，是休憩。尚不止于此，阅读不可或缺，哪怕就一时半刻没有书，我也会焦躁不安，就像瘾君子断了毒品。慰情聊胜无，我都情愿去读时刻表或者商品目录。真是莫此为甚。

1　居斯塔夫·朗松（Gustave Lanson，1857—1934），法国文学史家、文学评论家，代表作为《法国文学史》。

披览陆海军商店价目单、展读二手书商名录、精研全国火车站及客运时刻一览表——在这上面，我曾度过多少欢乐的时辰。它们洋溢着罗曼司[1]的芳菲，论悦目赏心，现在的小说有一半远逊它们。

我把书抛到一边，只是因为我意识到时光飞逝，生活才是我的正业。我走进这个世界，一方面是因为我认为入世方得阅世，阅世才能写作；另一方面也是因为我想真正阅世。在我看来，仅仅成为一个作家似乎还不够。依照我给自己设计的样式，我务必全力以赴去做一件奇妙的事——"成为人"。我渴望体认普通的苦痛，渴望享受普通的欢愉，欢愉也是人类命运的一部分。我看不出有什么理由让感官的诉求屈从于精神迷人的诱惑，我决心要像亨利·詹姆斯说的那样，从社会交往和人际关系，从饮馔和私情，从奢华、运动、艺术、旅行，等等当中，得到最大可能的满足。然而，阅世是艰辛的，我仍时时重返书中，悠然独处。

不过，虽然读了不少书，我却拙于阅读。我读得慢，也不擅跳读。无论一本书多糟，多让我兴味索然，我都很难搁下。我没从头读到尾的书屈指可数。反之，我读上两遍的

1　英文 romance 的音译，意为"浪漫"。

书也寥若晨星。我深知有很多书无法只读一遍就尽得其精髓，但因在第一次阅读中它们已经将我所能得到的一切给予了我，纵使我或许忘却了书中细节，那也将是永远的滋养。我认识一些人，他们把一本书翻来覆去地读。那样做可能只是因为他们读书用的是眼睛而不是敏感，读书于是成了一种机械的操练。那可能也没什么害处，但他们要是把那当作智性的求索，可就错了。

＊　　　　　　　＊　　　　　　　＊

　　年轻时，如果我对一本书的直觉感受与权威批评家的见解不一致，我总是毫不犹豫地认定是自己错了。那时我不知道批评家们每每依循习见，也从未想到他们不甚了了时也能言之凿凿。要到很久之后，我才明白，在一部艺术作品中，于我而言，唯一重要的是我自己的所思所想。四十年前，我阅读那些作家的作品时的直觉感受，与当时流行观点相左，我就没有重视自己的体悟；而今，我却发现它们都已被普遍接受。故而，我对自己的判断力也有了几分信心。尽管如此，我却还在读评论且读了不少，因为我觉得评论是种可人的文体。谁也不会总是为有益灵魂而读书，而要是想消磨一两个小时，那就读上一卷评论吧，再没有比这更怡人的方式啦。见解相同，固是乐事；观点有异，亦是乐事。而且有的作家，像亨利·莫尔或者理查逊，你从来无缘阅读，这时知道一个聪明人关于他们说过些什么，也怪有意思的。

但，在一本书里，唯一重要的是它对于你的意义。对于批评家而言，书也许别有他意或者更饶深意，可一经转手，那些意义对你来说也无多助益。我不是为读而读，我是为己而读。我该做的事不是去评判书，而是去汲取我所能汲取的一切，犹如阿米巴原虫吸收微小的异物那样，不能为我所吸纳同化的一切都与我无关。我不是学者，不是学生，也不是评论家；我以写作为业，我现在只读从职业角度讲对我有用的文字。谁都能写出一本彻底改变几个世纪以来人们对托勒密王朝看法的书，那种书我会心安理得地看都不看一眼；谁也都可以描述一下他在巴塔哥尼亚[1]中心地带的令人难以置信的历尽艰险的旅程，而对那类书我则甘于无知。小说家无须成为任何领域的专家，只需精通他自己的本业；成了专家反而有害于他，因为人性是软弱的，他很难忍住不掉书袋。而小说家若太过专业则实属不智。19世纪90年代，大量使用行业术语曾风行一时，而今这一做法已令人厌烦。不用行业术语，也应该可以达致逼真，而氛围却是以沉闷乏味为代价换来的，着实昂贵。小说家应该对那些涉及众人的

---

1 巴塔哥尼亚，位于南美洲，西抵安第斯山脉，北滨科罗拉多河，东近大西洋，南滨麦哲伦海峡。主要在阿根廷境内，小部分归属智利。

大事有所了解，因为人是小说家的主题。但，一般说来，略知一二也就够了。他必须不惜一切代价避免迂腐。但，即便如此，学海无涯，我还是勉力专注于那些对我的目的而言至关重要的作品。越了解你的人物越好。传记、回忆录，这些专门书籍经常能给你提供私密的细节、传神的妙笔、富于启迪的暗示，而你也许永远都无法得到这些，如果是以一个大活人当样板的话。知人难。引导人们告诉你一些可能对你有用的、他们亲历的特别的事，是个慢活。人有一个劣势，就是你不能像对书那样，看看就把他们放一边了，而反倒常常是，你不得不把整卷书都读完，却发现它什么都没告诉你。

*　　　　　*　　　　　*

　　年轻人，渴望写作，有时抬爱，要我告诉他们一些必读书。我说了，他们却又很少去读。他们似乎求知欲不强，也并不在意前人已做了些什么。读了两三本伍尔夫夫人[1]、一本E.M.福斯特[2]、几本D.H.劳伦斯[3]，还有，说来蹊跷，读了《福尔赛世家》[4]之后，他们便以为自己已然尽知小说艺术应知必知的一切。确然如此，当代文学有着古典文学所没有的活色生香的魅力，而且知道自己的同辈在写什么和怎么写，

1　指弗吉尼亚·伍尔夫（Virginia Woolf，1882—1941），英国著名女作家、意识流文学代表人物，被誉为20世纪现代主义与女性主义的先锋。代表作有《一间只属于自己的房间》《到灯塔去》《达洛维夫人》等。

2　爱德华·摩根·福斯特（Edward Morgan Forster，1879—1970），英国著名作家，代表作有《看得见风景的房间》《霍华德庄园》等。

3　戴维·赫伯特·劳伦斯（David Herbert Lawrence，1885—1930），英国著名小说家，代表作有《查泰莱夫人的情人》《虹》等。

4　《福尔赛世家》，英国作家约翰·高尔斯华绥（John Galsworthy，1867—1933）的长篇小说，该作为1932年诺贝尔文学奖获奖作品。

对年轻作者也不无益处。不过，文学中风尚纷纭，确认时下碰巧风行的某种写作风格的内在价值并非易事。而若熟谙往昔的伟大作品，这种博识就可以用作"试金石"。我有时想，是不是因为缺乏学识，很多年轻作者，尽管有才情、聪明、技巧娴熟，却常常一闪即逝。他们常常能写上两三本书，既明丽，又圆熟，然后就"歇菜"了。但那不足以弘扬一国之文学。欲弘扬一国之文学，必须有这样的作家——他们不只写了两三本书，而是著述浩繁。他们的作品当然会良莠不齐，因为要那么多良机善缘聚在一起才能产生一部杰作；但更为可能的是，一部杰作乃一生勤勉的硕果，而非不经师授的天才的侥幸。作家唯有自新，方能丰饶；而唯有灵魂不断得到新鲜经验的滋养，作家才能自新。新鲜经验的滋养，在往昔杰作中心驰神往地寻幽探奇，都是果实累累的泉源。

须知艺术作品的产生并非源于奇迹。它需要准备。土壤，即便那般肥沃，也必须施肥。用心、用功，艺术家必须拓展、深化，丰富自己的个性。另外土壤还必须休耕。一如基督的新娘，艺术家等待启示为他带来新的灵命。他要耐心地尽他素常的本分；而他的潜意识也在同时做着神秘的工作；然后，突地涌出，你或许以为涌自空无，那妙思奇想产生了。但，就像撒在磐石上的麦粒，容易枯干；妙思奇想要人必须满怀渴望地精心看顾。艺术家必须清心志于一事：他所有的技巧、所有的经验，以及性格与个性中的一切，都必须用以培育这一妙思奇想，以期千锤百炼后，他能以恰切熨帖的圆融浑成将它呈现。

我要强调一下，我是应青年之请，建议他们读莎士比亚和斯威夫特的；而他们却告诉我，他们早在幼儿园时就读过《格列佛游记》，在中学时便翻完《亨利四世》了。那时，我没有不耐烦；而就算他们觉得《名利场》不堪卒读、《安娜·卡列尼娜》无足轻重，那也是他们自己的事。除非乐在其中，否则，无书堪读。至少可以说，他们不自矜博闻多识，不会为此吃苦头。他们也不因学殖深厚而与普通人失去共鸣，毕竟，那些人是他们的创作素材。他们和自己的同胞更近，他们所做的艺术并无玄机，只是一门手艺，和别的手艺并无二致。他们写小说、戏剧，同别人造汽车一样，率真自然。这是一件好事。要知道艺术家，尤其是作家，会在心灵的幽独中构筑起自己的天地，与他人的世界迥异。这一特质令他成为作家，却也将他与众人隔离，于是，悖论出现了：他虽意在为他人传神写照，可是他的这一癖性却又令他难以了解他们的实情。这就像他迫不及待地想看清某个事物，而"谛视"却给那个事物蒙上一层面纱，遮住了它。作家既要投身其间又要置身事外。他是一个从不会完全沉溺在角色中的喜剧演员，因为他同时既是观赏者又是表演者。"诗是在宁静中忆起的情感"，这个说法很好；但诗人的情感却是别品，那是诗人的而不是人的情感，这种情感从来都不太公正。而这也就是为什么女性常常能以其出于本能的练达发觉诗人的爱并不尽如人意。但，现代作家，他们是普通人中的普通人，而不是陌异的人群中的艺术家。他们也许更贴近他们的创作素材，因而，他们或许能够打破他们特殊的天赋不得不立起的樊篱，从而比以往任何时候都更接近不假雕饰的真实。但随之你不得不横下心想想真实与艺术之间的关系。

*　　　　　　*　　　　　　*

　　我觉得我比大多数作家成长得慢。那些年里，旧世纪结束，新世纪开始，我被视为一名聪慧的年轻作家，相当早熟、苛刻，虽不太讨人喜欢，但引人瞩目。我虽然没从书上赚到什么钱，不过它们都得到了仔细认真的评论。但当我把自己早年的小说和时下年轻人的作品拿来对读时，我不得不承认他们作品的完成度远远高出我那些少时作品。垂垂老矣的作家应该了解一下年轻的同业在做什么。我不时会读读他们的小说。十几岁的女孩子，还在读大学的年轻人，已然出书，而且在我看来称得上文笔优美、构思精巧、经验老到。我真的不知道是现在的年轻人比四十年前成熟得早了，还是小说艺术有了长足发展，以至于现在轻而易举就能写出一部上佳之作，而当年写一部差强人意的小说都很困难。如果有谁愿意花工夫浏览一下《黄面志》[1]，将当年那高雅知性的殿军翻检一遍，会愕然发现大部分作品竟然糟到入骨。尽管声势浩大，这些作家却不过是死水微澜，英国文学史能投与他们的不过是匆匆一瞥，别无可能。当我翻开那些发霉的书页，思忖四十年后，今日文坛这些伶俐活泼的青年作家是否也会和《黄面志》中他们的老姑婆们在此际显露的形貌一样，空虚乏味，不禁打了个寒战。

我很幸运，倏然化身一名家喻户晓的剧作家，由此无须卖文为活，无须一年一部长篇小说了。我觉得写戏很容易，它们令我骤得大名，却未予我快乐；它们也为我赚到了足够的钱，让我过得不像之前那么拮据。我从没有那种"不为明天忧虑"的波希米亚式的个性，从不想跟人借钱，不喜欢举债度日。那种龌龊的生活从未让我动过心。我不是出生在贫困污秽之所，于是，钱一凑手，我就在梅费尔买了房子。

有人鄙夷财富。当然，若说艺术家不宜为财物所累，也许是对的，但艺术家并不以为然。仰慕者喜欢在阁楼里探访艺术家，艺术家可从来不是凭着喜欢住在那里的。他们倒

---

1 《黄面志》，英国著名文学杂志，创刊于1884年，出版13期便宣告终结，曾风靡一时。

是更常荒废于一己的侈靡奢华。毕竟，他们是耽于想象的造物。华屋广厦、俯首听命的仆从、富艳的地毯、赏心悦目的画图、名贵考究的家具，这富丽堂皇的一切令他们心向往之。提香[1]和鲁本斯[2]的豪奢堪比王侯，蒲柏有石室和梅坞，沃尔特爵士有哥特式阿伯茨福德庄园。埃尔·格列柯[3]有几处套房，进膳时乐师为他奏乐，四壁缥缃，锦衣华服，死时却囊空如洗。艺术家如果住双并[4]的有天井、有花园的市区房屋，吃杂役女仆做的村野馅儿饼，倒不自然了。这展现的并非无欲无求，而是灵魂的枯槁、褊狭。要知道对于艺术家来说，他想萦于身畔的绮丽旖旎都不过是一种消遣。他的屋宇、院落、汽车、藏画，都不过是他的把玩之物、聊以娱乐的缥缈之思。它们是他能力看得见的表征，却无法洞穿他本质上的超脱。就拿我来说，虽已得到金钱所能买到的一切

---

1 提香·韦切利奥（Titian Vecellio，1490—1576），意大利文艺复兴后期威尼斯画派画家，擅长肖像、风景、宗教主题绘画。代表作有《乌比诺的维纳斯》《圣母升天》等。

2 彼得·保罗·鲁本斯（Peter Paul Rubens，1577—1640），佛兰德斯画家，巴洛克画派早期代表人物。

3 埃尔·格列柯（El Greco，1541—1614），西班牙文艺复兴时期著名的幻想主义风格画家、建筑家、雕刻家。代表作有《脱掉基督的外衣》《托莱多风景》等。

4 指半独立、双拼式的。

美好之物，却也只是个经验而已，与别的经验无异。我可以舍弃自己所拥有的一切而毫不痛惜。我们生活在一个不确定的时代，我们拥有的一切都可能被拿走。有粗食果腹，有斗室蜗居，有从公共图书馆借来的书，有纸和笔，我便一无所憾。我很开心写戏赚了些钱，这给了我自由。我撙节用度，因为不想再落到那样的境地，不想因为手头紧而不能做真心想做的事。

＊　　　　　　＊　　　　　　＊

　　我是作家，虽然我原本也许可以当医生或者律师。以
文为业令人心旷神怡，故而，倘若有许多不配干这行的人也
干了这行，那也不足为怪。这行令人心旌摇荡、多姿多彩。
作家可以在随便什么地方、什么时间随意工作；要是觉得身
体不适或精神不振，他也可以悠然闲荡。然而，这行也有诸
多劣势。一是，虽然整个世界，世界上的每个人、每个景象
和每个事件，都是你的素材，但你自己只能倾聆那与你天性
中某一隐秘的流泉相和的琤琮。矿藏丰富，无可估量，可是
我们每个人却只能采掘几许矿石。于是，置身丰裕，作家却
仍可能饿死。他没有适合自己的素材，我们说他把自己写空
了。我想，没有几个作家心头不萦绕着才枯思竭这一恐惧。
另一劣势为职业作家必须取悦读者。除非能找到足够多的人
来读自己的书，不然，他就得挨饿。有时，环境的压力太
大，他不堪其重，怒火在心，却又不得不屈从公众的要求。

作家切不可对人性期许过高，以为读者会宽容自己的率尔操觚[1]。自立自主、不依附环境的作家应该同情而不应鄙夷那些为生计所迫有时不能不鬻文为生的同行。

"切尔西诸小贤"中有一位曾这样言道，作家若为金钱舞文弄墨便无法为自己写作。他说过很多明白话（哲人自当如此），可是这句却非常糊涂。要知道，读者与作家为之奋笔疾书的创作动机毫无关系，他只关心结果。许多作家确实要到困穷煎迫之际才提起笔（塞缪尔·约翰逊就是其中一位），但他们并非为钱而写。若是那样，他们不免迂拙。须知有同等的才能和勤奋，做哪行怕是都比写作赚得多。世间伟大的肖像画中，绝大多数都是画家得了钱才画出来的。绘画适如写作，其令人心驰神往之处在于，一旦开始创作，艺术家就会凝神其间，以期臻于尽善尽美。然而，正如画家只有让主顾大体满意才能获邀为其作画一样，作家的书也只有大体引人入胜时才会有人读。然而，作家心里总是觉得，公众就该喜欢他们写的一切，要是书卖得不好，错也不在他们，而在公众。一直以来，我从未见过哪位作者肯承认人们是因为他的书沉闷乏味才不买的。其作沉晦良久，其人终享

1　形容不假思索，提笔就写。

大名，艺术家中这样的例子屡见不鲜。然则，若其作一直不为世所重，我们也就无从听闻其人了。这些名不见经传的人一定为数更多。而他们，这些逝者，他们的祭献又在哪里？

设若天赋果真是某种别出心裁的能力，那么，戛戛独造[1]起初总是不受待见也情有可原。在这永是变迁的世界里，人们对于新奇常常心存疑虑，要过上一段时间才能适应。一个特立独行的作家不得不一点一点地寻觅那些钦羡他的矫矫不群的人。他不仅要日锻月炼地成为自己（须知年轻人怯于做他们自己），还要让那群人（那群他最终可以自负地将其唤作自己的读者的人）相信自己能给出他们想要的东西。他会发现，自己越个别，越难让人相信，从而用于劳碌奔波的时间也就越长。此外，他也无法笃定，获得的声望能否长久。要知道，穷尽他的个性，他所能给出的也许就只有一两样东西，随后，可能须臾间就又没入他千辛万苦浮出的晦暗之中。

作家应该有份差事来供给自己黄油和面包，再在忙里得闲时去写作。这话说来容易。的确，在过去，一般而言，作家只得走这条路，须知那时的作家无论多么卓尔不群、家

---

1 形容别出心裁。

喻户晓，都无法以文为业，赖以为生。而今，在那些公共读者数量小的国家里，作家依然面临这样的境遇。作家必须谋职讨生活，最令人心仪的是混迹政府部门抑或新闻界。但英语作家拥有数量如此之大的潜在读者，以写作为业也就顺理成章了。今时今日，倘若人文素养在英语国家里能略微少受一点儿鄙薄，写作一途必将更加拥挤。写写画画，壮夫不为，这是一种健康的感受，而这一感受所形成的社会力量把很多人挡在外面，让他们不得涉足文学艺术。而要从事一个至少会让你的人品受到些许指摘的职业，你得有一种毅然决然的冲劲才行。在法国和德国，写作是受人尊敬的职业，因而，纵使经济上的回报不尽如人意，以写作为业也会得到父母的首肯。时常能遇到这样一位德国妈妈，当你问她，她那正值韶华的儿子将来要做什么时，她会得意地告诉你：诗人。而在法国，即便一个姑娘妆奁丰厚，她的家人仍会将她与一位才情焕发的青年小说家的婚姻视作佳偶良缘。

但作家不是只有在书桌边时才铺采摛文；他终日在写，思考时、阅读时、体验时，都在写。他所见所感的一切，桩桩件件，对于他的目标都意义重大。他，有意或无意，永是在储备，永是在修改他的种种感触。他不能再专心致志地从事其他职业。做别的任何行当，都无法让他自己或者雇主满意。作家跻身新闻界是最常见的情形，因为给报章撰稿似乎更近于他的本业。而这恰恰是最危险的。报纸有种非人格性，这在无形中会影响作家。为报纸写稿写多了，人似乎就失去了亲身体察事物的能力。他们面对事物，每每泛泛而言，常常也活灵活现，有时还敏锐、激动人心，却从未以自己独特的个性去观察——这样描摹事实，固然片面，却盈满观察者的个性。报章其实毁了撰稿者的个性。写书评一样为害不浅：作家无暇遍览群书，只能读读那些与他直接有关的书。可以说，倘若不是为了从中汲取灵性的裨益，而只是为了对其给出一个较为诚实的记述，就杂乱无章地读上几百本书，那只会令作家的感受力变钝，让他的想象力无从自由奔涌。写作要全天候作业。写必须成为作家人生的主旨，也就是说，他必须以文为业。如果他家资丰厚不必赚钱讨生活，那他够幸运，但这无碍他以文为业。斯威夫特是教长，华兹华斯兼着闲差，但他们依然和巴尔扎克、狄更斯一样以文为业。

*　　　　　　　　*　　　　　　　　*

　　众所周知，只有勤学苦练才能学会画画和作曲，"半瓶醋"[1]画的画或谱的曲只合报以宽厚的一哂或恼怒的一嗤。我们该庆贺的是，收音机和留声机将业余钢琴师以及歌手逐出了我们的客厅。写作技巧并不比别的艺术技巧容易掌握，不过，因为谁都会读信和写信，于是，人们便觉得，但凡是人，就有本事弄出本书。而今，写作似乎是人类最中意的休闲方式。合家都热衷写作，就像在节庆时一起去教堂一样。女人写小说来消磨孕期时光；倦怠的贵族、被裁撤的军官、退休的公务员，都似奔向酒瓶那般奔向钢笔。在海外[2]人们有种模糊的印象，似乎在我们这儿人人都有写一本书的潜质；但要是这所谓"写一本书"意为写一本好书，可就不是

1　指业余爱好者。
2　指其他国家。

实情了。的确，业余爱好者有时或许也能写出一部有价值的作品。邀天之幸，他也许拥有与生俱来的文采，或者趣味横生的经历，以及迷人抑或慧黠的个性，而他的那份朴拙亦有助于他成书。但请记住，这句话只是说，谁都有能力写一本书，可从没说还能再写一本。得意不可再往，业余爱好者懂得这点才是明智的。他的下一本书注定毫无价值。

须知业余和职业之间有很多重大的区别，其中之一为后者具有进步的能力。我再说一遍，一国之文学不是由几本杰作构成的，而是由为数甚巨的作品筑就的，而后者只能由职业作家来完成。一些国家的文学主要是由业余作家创作的，另一些国家的文学则是由众多生计艰难却仍以文为业的职业作家完成的，相形之下，前者不免失之单薄。著述浩博，即法文中的成果（œuvre），是经年累月坚持不懈地劳作的结晶。作家像其他人一样，是在挫败中学习的。他早期的作品都是尝试；他涉猎各种题材，运用不同方法，同时形成自己的个性。在这一齐头并进的过程中，他发现了自我，而他必须给出的，以及一直在学习如何淋漓尽致地去展现的，正是这一发现。然后，待他充分掌握了所有技能，便将写出自己的扛鼎之作。要知道写作有益健康，故而，完成自己的代表作之后，作家大概还会有漫漫余生。须知此时写作已经成为根深蒂固的习惯，他可能会再写出些无足轻重的作品。公众也许会理所当然地漠视、忽略它们。就读者的角度而言，在作家整个一生中，写出的必不可少的作品屈指可数。（所谓"必不可少"，我不过是说那能够展现他独特个性的为数寥寥的作品，我无意将任何关乎绝对价值的意涵添加到这个词上。）但，我以为，只有历经漫长的修习与屡次的失败之后他才能成就这一切。而为臻此境，他必须把文学当作一生的工作。他必须以写作为志业。

*　　　　　*　　　　　*

说完身为作家的劣势，现在我想聊聊这一行的险恶之处。

显然，只在有兴致的时候才动笔，以文为业的人中可没谁能消受得了这个。如果他要坐等沉入某种心境，或者拥有他所谓的灵感，那么，他将绵绵无绝期地等下去，等到最后作品寥寥，甚或一部作品都没有。以文为业的人会自己创造心境。他也要灵感，但他得驾驭灵感，借由有规律的定时工作让灵感招之即来。但，渐渐地，写作成为习惯。就像已经告别舞台的老演员，到了往常去剧院准备晚场演出的化妆时间，就会坐立难安。作家到了自己平素写作的时间也会心痒，要去拿起笔、铺开纸，不假思索地写起来。于是，一个个词汩汩滔滔涌向他，进而触动一个个想法。虽都是些陈旧、空洞的想法，但经他巧手调制却也差强人意。这样他在午餐或者就寝时就很踏实，觉得这一天不曾虚度。艺术家的每个作品都应表现他灵魂的奇遇。这是一个完美的忠告。而在一个并不完美的世界里，更该给以文为业者几分宽容，但这一劝勉无疑应是他求索的目标。让心灵摆脱苦思冥想良久的主题，让心灵从这一重负中解放出来，写作者只有为此而写才能写好；而他若是明智就该经心经意只为求得这份安谧而写。也许断掉写作习惯最简单的方法就是换一下环境，不给写作者做日课的机会。除非您养成写作习惯，不然，您既写不了多好也写不了多少。而且我还要冒昧地加上一句：您要不多写，那就甭想写好。不过，写作习惯和生活习惯一样，一旦无益，就要戒除，唯其如此，方才有用。

但困扰以文为业者的最大危险，却只有寥寥几位作者需要防范（还真够不幸的），那便是成功。它是作家必须应对的最难的事。经过漫长的苦斗，终于获得了成功，他却发现成功已为他设下圈套，将他牵绊，把他毁灭。我们中间没有几人能决然不冒成功这个险，必须和它小心翼翼地周旋。流俗以为，成功会把人宠坏，会让人自负、自我、自得，但这是谬见；恰恰相反，大体而言，成功会让人谦卑、宽容、温厚。失败才会让人刻薄、残忍。成功能改善一个人的性格，却未必能改善一位作家的性格。成功很可能夺去作家身上那给他带来成功的力量。他的个性由他的经历塑就，他的奋斗、他挫而不折的希望、他为适应一个充满敌意的世界所付出的努力构筑了他的个性。如果可令一切柔软的成功亦无从改变这种个性，那么，这种个性必定执拗、倔强。

此外，成功自身也时常诞育毁灭的种子，因为成功很可能切断作家和令作家得以成功的创作素材间的纽带。他踏入一个新的世界。他备受推崇。如果他能不为显达者的眷顾俘虏，面对佳丽的凝眸依然心如止水，那他差不多是"超人"了。他会日渐习惯另一种生活，较之他从前的境遇，大概要奢华得多；他也会日渐习惯和另一群人交际，那群人比他的故交旧友更有社交魅力——那群人启人心智，从浮面上看，风华动人。这样一来，他若还想在那些自己熟稔的、为自己提供创作题材的人群中自如往还，那真的难乎其难！成功让他在旧友眼中变了一个人，他们再也没法跟他毫不拘礼地相处了。他们对他既妒且羡，却再也不把他当自己人。成功让他步入一个新的世界，这个新的世界激发了他的想象，于是他便描摹起新世界；但他只能隔在外面看这个世界，而永远无法深入其里，无法与之融为一体。就这一点而言，阿诺德·本涅特[1]是绝佳的例子。对于他生于斯长于斯的"五

---

1 阿诺德·本涅特（Arnold Bennett，1867—1931），英国小说家，代表作有《五镇的安娜》《老妇人的故事》等。

镇"，他切己地了解那里的物态人情；而也只有当他描写"五镇"的时候，他的作品才有特色。当成功让他得以同文人、富人和聪慧的女人交游往来时，当他去勉力应对这些人时，他写的东西毫无价值。成功毁了他。

＊　　　　　＊　　　　　＊

　　是以，功成名就而常怀惕厉之思的作家才是明智的。他必须临事而惧，无论面对的是别人因他成功而藉端需索[1]，还是成功加之于他的责任，抑或成功带给他的妨碍。成功只带给他两样好处：一是从心所欲的自由，这是更大的好处；二是自信。尽管有自负，有并不坚牢的虚荣，但若将其所作较诸其所欲作，作家从来都难免惴惴。心目所见和他的扛鼎之作之间相距何其迢遥，因而，在他看来，他那部作品也不过是聊胜于无而已。他也许会满意这页或那页，会对某个情节或某个人物颔首；不过，我以为，无论对哪部作品，整体上感觉完全满意的情形一定少之又少。根本一无是处，这一疑虑在他心底盘踞，于是，公众的赞美——即便他颇为怀疑它们的价值，却依然是上天赐下的慰藉。

_____

1　以各种借口、理由进行索取或敲诈勒索。

而赞美对于一个作家之所以重要，原因在此。巴望赞美是个缺点，尽管也许是个情有可原的缺点。要知道，既然艺术家只因那是他的创造而关心自己的作品，他就该对赞美与责备都报以漠然；而他的作品对读者有怎样的影响，是他也许在物质层面而非在精神层面上关切的事。艺术家为灵魂的解放而创作。创造就是他的天性，一如水的天性就是奔下山冈。艺术家将他们的作品唤作自己头脑中的孩子，认为运思结想类乎分娩，其苦痛艰辛相若，这是不无原因的。创作仿若一种有机物，它不仅理所当然会在艺术家的头脑中孕育，而且还会在他们的心中、在他们的神经和内脏里成长。它出自艺术家灵与肉的体验，并由他们的创造性本能逐渐形成。终于，它的压迫重到艺术家非去之不可。而一俟将它摆脱，艺术家便将欣然解放，并在那甘之如饴的瞬间宁谧地休憩。不过，与人类母亲不同，对自己那些来到世间的"孩子"，艺术家转瞬就没了兴趣。它不再是他们的一部分了。它曾带给过他们惬足，而今，他们的灵魂已在迎候新的受孕。

　　在写作中，写作者已经实现了自己；但那并不是说，他写的对别人会有什么价值。一本书的读者、一幅画的观赏者，与艺术家的喜怒哀乐毫不相干。艺术家已觅得纾解，外行人却一直在寻求感染，而且只有他自己能评判这种感染对他是不是有价值。对于艺术家来说，他所提供的兴发感动不过是种副产品而已。我这里说的不是那些从事艺术教育的人——他们是传播者，对他们来说艺术倒是细枝末节。艺术创造是一种特殊的活动，践行中就已获得满足。创作出来的作品或好或坏，那由外行人去决定。而外行人的褒贬基于他所得到的那种感染的审美价值。如果作品让他得以避世远俗，外行人自会欢迎它，但很可能至多只把它叫作"次要的艺术"；如果它丰富了他的灵魂，拓展了他的人格，外行人就会将它称为"伟大的艺术"，它倒也当之无愧。不过，我固执地认为，这与艺术家无关。如果能予人欢愉或给人更多力量，艺术家自会惬意、快慰，这是人之常情。可是假如人们在他的作品中没有找到合意的，艺术家也不必为之怅然若失。满足了自己的创造性本能，艺术家就已然得到了回报。现在，这已绝非止于至善的劝勉，而是一种际遇，只有在这种情况下，艺术家才能向着他的目标、向着那无法企及的完美跋涉。如果他是位小说家，他可以将对人与地的体验、对自己的体悟、他的爱与恨、他深沉的思索、他一闪而逝的幻想，用在一部又一部作品中，勾勒出一幅又一幅生活图景。不过这永远都只是局部的图景。但假如幸运，最终他会别有所成：他将绘出完整的自我。

无论如何，当你把目光投向出版商的广告时，这样想也是一种安慰。当你读到那些长长的书单，当你发现书评人在称道它们的机趣、深刻、独创与美妙时，你的心不由一沉：和如此多的天纵之才相提并论，我有的是怎样的机缘啊！出版商总是跟你念叨，小说的平均寿命是九十天。你很难接受这一事实：一本书，我投入了整个自我，几个月焦灼不安、孜孜矻矻[1]，别人却只读上三四个小时，就抛诸脑后。尽管对他自己没有任何好处，但没有哪个作家会那么小家子气，竟不暗暗希冀自己至少能有部分作品可以在身后还为一两代读者阅读。寄望身后名，这一信念是无害的虚荣，它常常让艺术家甘心接受生活中的失意与失败。可回望二十年前那些似可确定不朽的作家，我们看清的一点却是，要赢得身后名是多么不可能。二十年前那些作家的读者而今在哪里？有大量的书籍被不断写出，还有那些传世作品的无尽竞争，一部已被遗忘的作品到头来竟又被忆起，这种可能性渺乎其微！想到后代读者，有个现象很是蹊跷，有人也许会认为不公平，那就是他们似乎只选择和关注那些生前就广受欢迎的作家的作品。那些只能取悦某一小撮人而从未被大众接受的

1　勤勉不懈。

作家，将永远无法赢得后世读者的心——要知道他们根本不知道那些作家姓甚名谁。而对于那些流行作家来说，这不啻一种慰藉。须知他们烙在心底的是他们的流行，是他们毫无价值的充分证明。莎士比亚、司各特和巴尔扎克或许不是为"切尔西某小贤"而写，但似乎也不是为后世读者而作。作家只有在自己的创作中找到满足，才无受伤之虞。如果他能意识到，他的作品给他带来了灵魂的解放；他塑造作品的方式某种程度上至少满足了他的审美意识，在那过程中，他体认到欢悦；他的劳作因此给了他丰厚的报酬，那么，他就足可漠视结局。

　　　　＊　　　　　　　　＊　　　　　　　　＊

　　要知道以文为业的种种不利和险恶都让它的一个长处抵消了，这个长处大到让与它有关的一切困难、失望，甚或艰辛都变得无关紧要了，那就是以文为业让作家拥有了精神的自由。对作家而言，人生是一部悲剧，借由创造的天赋，他得享宣泄之乐，净涤哀怜和恐惧。亚里士多德告诉我们，这就是艺术的目的。因为他的罪愆和愚蠢、他遭遇的不幸、他没有得到回应的爱、他的身体缺陷、他的疾病、他的匮乏、他放弃的希望、他的悲伤、他的屈辱，一切的一切都被他的才能化为素材。他借书写来征服。一切都是他磨坊里的谷物，从一顾街衢的容颜到撼动文明世界的战争，从玫瑰的芳馨到友人的长逝，降临到他身上的一切，无不化作一节诗、一首歌或者一个故事。而作品一经完成便撇下，艺术家是唯一的自由人。

　　也许正因如此，世人才大都对他怀有那种为我们所知的深深的猜忌。当他如此莫名其妙地回应人类那些寻常的冲动时，还能不能信赖他就拿不准了。而且惹起众怒的是，艺术家确实从未觉得自己要受那些一般标准的羁縻。他为什么要受束缚？对一般人来说，他们所思所行的主要目的是满足一己的需求，维持一己的生存；而艺术家则是以追求艺术来满足他的需求、维持他的生存。一般人的消遣是他的正业，故而，他的人生态度和一般人的永远不一样。他自己创造自己的价值观。人们认为他玩世不恭，因为他对感动他们的美德毫不看重，对惊动他们的恶行也不厌憎。他不是玩世不恭，只不过，无论人们称作美德的还是叫成罪恶的，都不是他特别感兴趣的。在他规划的用以建构自己自由的事物中，美德和恶行是无足轻重的成分。一般人对他气不打一处来当然对，可那于他并无裨益。他无药可救。

　　　　　*　　　　　　　　　*　　　　　　　　*

　　我回到了美国，不久后被派去彼得格勒执行一项任务。
接受这个岗位我觉得心虚，我认为自己没有它所要求的那些
能力；不过当时似乎也找不到更能胜任的人，加之我是作
家，而这对于我受命要去做的一切是极好的"掩护"。我当
时身体不是很好。我的医学知识还足够猜出我那几次大出血
意味着什么。一张 X 光片清楚地表明我的肺叶上出现了结
核，但我不可以错过这个肯定要在托尔斯泰、陀思妥耶夫斯
基和契诃夫的祖国待上相当一段时日的机会；而且我觉得，
在任务间隙，我还可以获得一些对自己有价值的东西。于
是，我狠踩爱国主义的高音踏板，说服了我咨询的那位医
生，让他相信，在那愁云惨雾的情形下，我是不会去冒任何
无谓的险的。随后，我就兴高采烈地出发了。我有一笔归我
支配的没有限额的钱，还有四个忠实的捷克人，他们是我和
马萨里克教授之间的联络员。那位教授手下有他的六万多名

同胞，散布在俄国各地。这个职务所赋予我的责任让我兴奋不已。我以私家特工身份赴俄，在必要时可以不履责，我的任务是联系与政府相敌对的各党派，设法让俄国继续参战，并阻止得到同盟国支持的布尔什维克掌权。而今，已无须告诉读者，令人唏嘘的是我并没有完成任务；而如果早六个月派我去，我或许会颇有斩获，我觉得至少有这种可能。不过，话虽这么说，我可不指望读者会相信。我到彼得格勒三个月后，俄国政府就土崩瓦解了，我的所有计划也旋即化为泡影。

我回到了英国。在那之前，我经历了点儿有趣的事，遇见过些轶群绝伦的人，还对其中一位颇为熟悉。那人便是鲍里斯·萨文科夫，他曾行刺特雷波夫[1]和谢尔盖大公[2]。但一见之下我却失望而别：需要行动时絮絮不休、摇摆不定，当漠然只能招致毁灭时依旧漠然，过甚其词的抗议……这种半真半假、三心二意随处可见，这让我厌恶俄国和俄国人。而且我回国时也确实病体支离，使馆人员可以享受到充足的供给，吃饱喝足，为国效力，但是以我的身份，可得不到那份

1　费奥多尔·特雷波夫（Fyodor Trepoy，1809—1889），俄国政府官员、圣彼得堡军事长官。

2　谢尔盖·亚历山大罗维奇大公（Grand Duke Sergius Alexandrovich，1857—1905），沙皇亚历山大二世之子。

好处，我（就跟俄国人一样）落到了食不果腹的境地。（我到了斯德哥尔摩，还要在那里待上一天，等驱逐舰把我送过北海，于是我走进一家糖果店，买了一磅巧克力，当街吃了起来。）组织还曾有意派我去罗马尼亚参与什么波兰密谋，计划的细节我现在都忘了，不过也以失败告终。对此我并不难过，要知道那时我咳得头都要断了，还一直不退烧，使得我一到夜里就非常难受。我延医诊治，请来了在伦敦能找到的最著名的专家。当时达沃斯和圣莫里茨都不方便去，他就把我安置在苏格兰北部的一家疗养院里。于是接下来的两年，我就当起了病人。

那是一段快乐的时光。我平生第一次发现躺在床上那么怡人。整日在床上躺着，生活却可以变化万千，你竟可以找到那么多要做的事，简直匪夷所思。我欣于独处，我的房间有一面硕大的窗，敞开着，开向冬日斑斓的星夜，那予人以安稳、淡泊、自由之感，让人回味不尽。静寂是迷人的，仿佛无限的空间都汇入其中，我的灵魂唯与星汉相伴，似乎当得起任何奇遇。我的想象力从未如此活跃过，宛若一叶轻舟，张满帆，乘着微风疾驶，单调的日子倏尔飞逝，快得不可思议。只有一处激荡人心，那就是我读的书和我的沉思。我离开床，黯然神伤。

我的病情渐渐好转，白天有时间和病友们混在一起，那时，我仿佛进入了一个奇异的世界。那些人，有的已经在疗养院住了好多年了，就跟我在南太平洋诸岛上见到的那些人一样，各有各的独特之处。疾病以及异乎寻常的、与世隔绝的生活以奇怪的方式影响了他们，扭曲、强化，抑或败坏了他们的性格。就像在萨摩亚或是塔希提，人们的性格被慵懒的气候和陌生的环境败坏、强化抑或扭曲了一样。我认为，在那家疗养院里，我多了对人性的了解。若是没去那里，我想必永远都不会知道这一切。

*　　　　　*　　　　　*

　　到我病好了，战争也结束了。我去了趟中国。去时我满怀旅人情愫，对艺术兴致盎然，对一个有着悠久文明的陌生民族充满好奇，一心想要尽识其风俗礼仪。我还存了个念头，那就是我一定得认识形形色色的人，和他们相熟会拓展我的体验。我真的这样做了。我在笔记本上写满了对各个地方、各色人等的描述，以及由它们联想到的各类故事。我体悟到我从旅行中所能汲取的独有的益处。那之前，对此我只有一种本能的感受。这一益处一方面是获得精神的自由，另一方面则是收集或可在创作中为我所用的各类人物。中国之行后，我去过很多国家。邮轮、不定期或不定线货船、双桅帆船，乘着它们，我航过十几个海。火车、汽车、轿子、徒步、骑马，旅途中，我睁大眼睛观察人的性格、怪癖和个性。当某处有望出东西时，我能立马就觉察到，然后便开始等，等至到手方休；而如果没什么可等的，我就去往别处。

一路上，我随遇而安。手头宽裕，我就以相应舒适的方式旅行。您知道，在我看来，为了吃苦而吃苦，简直犯傻。但我觉得，我不曾因为艰辛或危险而犹疑不前。

我从来都算不上观光客。世人将那么多热情掷于世间的瑰玮之观，而正因如此，当我与它们相对时，几乎唤不起什么兴致。我偏心寻常事物，掩映在果林间、以木桩为基的木屋，一曲椰树成行的小小海湾，抑或路畔的三五翠竹，尤合我意。而我感兴趣的一直是人和人的生活。我害羞，拙于交际，不过很幸运，一路上总能和雅擅呼朋引类的人为伴。他生性随和，顷刻间就能跟客轮、俱乐部、酒吧乃至旅馆里的人热络起来。于是，有了他，我也轻松结识许多人；不然，我怕是只能隔着一段距离去认识他们了。

我和他们往来，交谊的浓淡深浅恰与我相宜。在他们那里，这份厚谊源自骨子里的倦怠与孤独，而那使得他们几乎没有秘密要保留。不过，一旦分开，交情也就破了，这无可避免。因为预先就划好了边界。若回望那些人，长长的一列，我真想不出那里面有谁会讲不出我乐于知道的事。我觉得我养成了一种摄影底片似的感光性。我所形成的照片是不是真实，对我来说无关紧要。最要紧的是，借助想象力，我能把遇见的每个人的故事都弄得合情合理、严丝合缝。这是我玩过的最迷人的游戏。

人们常常读到这样的话：没有两个完全相同的人，每个人都是独一无二的。某种程度上，确然如此，不过这也是个容易被夸大的真理：实际上，人和人非常像。他们的分类比较少。同样的环境以同样的方式塑造了他们。从某些特征可以推断出其他一些特征。就像古生物学家一样，他们可以凭一根孤零零的骨头重构一个动物。自泰奥弗拉斯托斯[1]以来一直广受欢迎的文类"性格特写"，以及17世纪的"体液说"，都证明人们将自己划分为几个显著的类型。其实，这正是写实主义的基础，须知写实主义依靠辨识来赢得吸引力。浪漫主义者关注"异常"，写实主义者则注重"惯常"。写实主义者的"惯常"所强调的，是人略微反常的境况，那些人活在生活原始或者环境与之格格不入的国家里，由此这种"惯常"别具一格。而当写实主义者本身（偶尔确实）出格时，没了通常的约束，拥有了在更文明的社群中难以得到的自由，从而借此生出种种异想天开，那么，就得到了一些人物——写实主义手法几乎应付不了的人物。我过去常在国

1　泰奥弗拉斯托斯（Theophrastus，约前371—前287），古希腊著名科学家、哲学家、植物学家，被誉为"亚里士多德的接班人"，亦被誉为"植物学之父"。代表作有《植物研究》《植物原因》等。

外待到自己的接受力干枯凋萎，发现在遇见人时再也无力运用想象为之赋形，令其自洽，便返回英国，整理自己的印象，休养，直至觉得自己的同化能力恢复了为止。而到了七次——我觉得有那么多——漫长的旅行之后，终于，我发现人与人之间不无相同之处。我越来越常遇到与我的故交旧识相类的人。我对他们已经不那么感兴趣了。由此，我断定我已然没有能力去热切地、别具只眼地观察自己走了那么远才找到的人了。要知道，在那之前我从未怀疑过，是我在他们身上发现了那些为他们所独有的特质并将其赋予了他们。于是，我认定，旅行对于我已再无裨益。旅途中，我曾有两次差点儿死于热病，还有一次几乎溺水，此外，还有土匪朝我放过枪。我乐于重返更加有序的生活。

每次旅行归来，我都会有些许变化。年轻时的我耽于阅读，那倒不是因为我觉得读书能给我什么好处，而是出于好奇和求知欲。我旅行，既是因为乐在其中，同时也是为了得到对自己有用的素材。我还不曾想到新的经历正在陶冶着自己，直到很久以后，我才明白那些经历如何塑造了我的性格。过着乏味的文人生活时，我就像装满石子的袋子里的一枚石子，被磨圆了；但在与陌生人接触的过程中，我丢去了光滑，又生出了棱角。我终于是我自己了。我已不再旅行，因为我觉得旅行不再能给我带来更多东西了。我无力再有新的成长。我已经蜕去了文化的傲慢。我甘心全然接受。我不要任何人给我他给不了的东西。我已学会宽容——同伴们的善良让我欣慰，他们的恶意却并不令我苦恼。我已拥有精神的独立。我已学会走自己的路，而不去理会别人怎么想。我为自己争自由，也愿给别人自由。当人们亏待别人时，你耸耸肩付诸一笑并不难；而当他们亏待你时，可就不那么容易一笑而过了，尽管我觉得那倒也不是做不到。我曾借他人之口说出我对于人的结论，那人是我在一艘正在中国海域航行的船上碰见的。"兄弟，依我之见，人可以一言以蔽之，"我让他这样说道，"他们的心在对的地方，可他们的脑袋却是个完全没用的器官。"

　　　　　＊　　　　　　　　＊　　　　　　　　＊

　　二十多岁时，批评家说我野蛮；三十多岁时，说我轻
浮；四十多岁时，说我乖戾；五十多岁时，说我能干；而今
我六十多岁了，他们说我浅薄。一直以来，我都在走我自己
的路，沿着我为自己规划的路线，努力用自己的作品去完成
自己求索的愿景。我认为不读评论的作家是不明智的。把自
己练得不为毁誉所动是大有益处的。须知发现自己被描绘成
天才时，耸耸肩了事当然容易，但若被当作傻瓜对待，可就
没那么容易不在意了。批评史业已表明，同时代的评论谬误
百出。作家应在多大程度上重视它，又该在多大程度上忽视
它，这很微妙，难以定论。评论者言人人殊，作家很难借此
彻知自己的优点。在英国有一种天然的鄙视小说的倾向。一
个无足轻重的政客的自传、一位王室情妇的传记都能得到郑
重的品评，而半打小说却只会被某个评论者放在一块儿评说
一番，并且常常是拿它们当谈资、做笑柄。简而言之，事实

是英国人对掌故比对小说更有兴趣。故而，小说家很难从评论他作品的文字中得到任何有益于他成长的东西。

英国文坛的一大不幸是，本世纪我们没能拥有一位像圣伯夫[1]、马修·阿诺德[2]，甚或布吕内蒂埃[3]那样的批评大家。的确，那样的批评家并不太关注时下的文学，而假如我们可以根据刚刚提到的那三位批评家来下判断的话，那么，即便他们曾品鉴同时代文学，他们的评论也不会直接帮助到当时的作家。一如我们所知，圣伯夫因太过艳羡一种他渴望却无法获得的成功，因而无法公平地对待与自己同时代的作家；至于马修·阿诺德，鉴于他在论述那个时代的法国作家时，品位屡见瑕疵，故而没有理由猜想，如果换作评论英国作家，他的鉴赏力就会变好；而布吕内蒂埃毫无宽容之量，用一成不变的规则来权衡作家，如果他不认同那些作家的宗旨，就看不到他们的长处，他的才能已无法成为他刚愎自用的理由。尽管如此，作家仍可以从一丝不苟地关注文学的批

1　夏尔·奥古斯丁·圣伯夫（Charles Augustin Sainte-Beuve，1804—1869），法国文学评论家，著有《16 世纪法国诗歌与戏剧的评论史》。

2　马修·阿诺德（Matthew Arnold，1822—1888），英国诗人、文学评论家，代表作有《评论一集》《评论二集》。

3　费迪南·布吕内蒂埃（Ferdinand Brunetière，1849—1906），法国文学评论家，著有《自然主义小说》《批评的演化》等。

评家那里获益；即使厌憎批评家，他们也可能在这种敌意的激发下更加清晰地定义自己的目标。批评家会激发作家心底的热情，让他们更加自觉地从事创作，而批评家的以身作则也敦促作家以更严肃的态度对待自己的艺术。

在一篇对话里，柏拉图似乎在试图展现批评的不可能性；但其实他不过是展现出苏格拉底法[1]有时可能会导致怎样的狂言痴想。有一种批评显然是徒劳的，那就是批评家为了补偿自己年少时所遭受的屈辱而写下的文字。批评为他提供了一种重拾自尊的方式。因为上学时无法适应那个逼仄的世界里的种种标准，他曾被拳打脚踢。待他长大后，为了抚慰自己受伤的情感，他开始对人拳打脚踢——当在考量作品时，他将兴趣放在自己对作品的反应上，而不是作品对自己的影响上。

简直没有哪个时期比现在更需要一位权威批评家了，时下文艺领域乌烟瘴气、乱七八糟。我们看到作曲家在讲故事，画家在思辨，而小说家则在布道。我们也看到厌烦了韵律的诗人在尝试将散文别样的韵律用于诗歌，我们还看到散文作家在尝试将诗歌的节奏生搬硬套进散文里。目前亟须一

1　即辩证法。

个人来再次定义几种艺术形式的特性，并为那些步入歧途的人指明，他们的所谓实验只会让自己陷入迷乱。指望能找到一个在所有艺术门类中都言之有物的人太不切实际。不过，既然需求产生供给，我们仍可以期待，有朝一日，有位批评家将起身荣登那曾为圣伯夫和马修·阿诺德拥有的王位。他或可有所作为。

我新近读了两三本书，书中宣称要形成一门精确的批评科学。不过，这一主张尚未令我信服，我觉得那不可能。依我看，批评是独抒己见。不过，假如批评家拥有伟大的个性，那倒也没有什么可反对的；可是如果他把自己所做的一切视作创造，那就危险了。他的正业是引导，是品评，是指明新的创作途径。不过如果他觉得自己颇有创作才华，就会把更多心力投入创作这一人类最迷人的活动中，而不是放在他的本职上。写过一部戏、一本小说或是几首诗也许对他有益，要知道他也只有通过这样的方式来掌握一些文学技巧；但，除非意识到创作不是自己的事，不然，他成不了大批评家。而时下文学批评如此无用的一个原因是，它们成了颇有创造力的作家的副业。批评家们应该认为自己正在做最值得做的事，唯其如此，才是自然的。大批评家应该有深厚的同情、渊博的学识。批评不应建基于普通的漠然之上，普通的漠然让人对自己不关心的事听之任之；相反，批评应该根植于对于多元性的积极的欣悦之上。大批评家必须兼通心理学和生理学，必须懂得文学的基本要素怎样与人们的身心相连。他还必须精研哲学，因为哲学会使他宁谧恬静、不偏不倚，会让他了悟世事无常。他必须熟稔本国文学，谙知往昔文学确立的种种评判标准，还要钻研外国当代文学，这样就会看清文学在演化进程中所追寻的趋势，从而有能力给本国文学的发展趋向以有益的指导。他必须以传统立身，须知传统即一个民族文学无法取代的风格的表现；他必须竭尽所能促进传统沿着它自然的方向发展。传统是向导，不是狱吏。他必须耐心、坚毅和热情。他读的每一本书都应该是一次新鲜的、惊心动魄的历险，他凭自己的渊博和果敢来评断它。事实上，伟大的批评家必须是伟大的人。他必须伟大到足以温厚而又顺服地承认，他的工作虽然如此重要，其价值却旦夕即逝——要知道他的功绩就是回应同辈的需求，为他们指明道路。新的一代带着新的需求出现，新路在他们面前蜿蜒，他已经再无话可说，于是，和他所有的作品一起被丢进了垃圾堆。

如果他认为文学是人类最重要的追求之一，那么，一生致力于这一目的就是值得的。

*　　　　　　*　　　　　　*

　　这是写作者一贯的主张，此外，他还提出了另一项主张：他声称自己不同于世人，故而，也无须服从他们的规则。而世人则对这一断言报以谩骂、讥诮和不屑。写作者则按自己的脾气秉性以不同的方式来应对这一切。有时，他以故意的乖张来炫示他与他所谓"庸众"的不同。譬如，为了"惊呆布尔乔亚"（épater le bourgeois），泰奥菲尔·戈蒂耶[1]穿着红色丝绸马甲到处招摇，而钱拉·德·奈瓦尔[2]则用粉红的丝带牵着一只龙虾遛街。有时，他也会借佯装和别人一样

1　泰奥菲尔·戈蒂耶（Théophile Gautier，1811—1873），19世纪法国浪漫主义诗人、小说家，代表作有诗集《阿贝都斯》《死亡的喜剧》、小说《莫班小姐》等。

2　钱拉·德·奈瓦尔（Gérard de Nerval，1808—1855），法国浪漫主义诗人、散文家，被誉为象征主义和超现实主义的先驱。曾在全盛时期患上精神疾病，多次入住疗养院，后在巴黎街头自缢身亡。代表作有诗集《小颂歌》《幻景》、小说《西尔薇》等。

来获取某种反讽的快意，譬如，勃朗宁[1]内心里住着一位诗人，穿戴却跟富有的银行家一样。也许我们每个人都是一个自我矛盾体，但是作家、艺术家对此则有深深的体认。对于其他人来说，他们的生活使他们的某个方面成为主导，结果，这方面就成了他们的全部，也许只有潜意识深处除外。可是画家、作家、圣徒却一直在自己身上找寻新的一面——他们厌倦重复自己，尽管也许还切实地意识到这一点，却总是在力图避免沦为单向度的人。他从来不要这样的机会：变成一个自治的、统一的生物。

发现艺术家的立身处世与他们的作品相去甚远时，世人会感到愤慨。这样的情形时时都有。世人无法安然接受贝多芬作品中的理想主义与生活中的鄙吝；瓦格纳[2]作品里神圣的狂喜与生活中的自私、不诚实；塞万提斯生活中的心术不端与作品里的温柔宽宏。有时，愤怒之余，他们会勉力说服自己：那种人的作品不可能有自己所认为的价值。当他们得知，那些伟大而纯洁的诗人身后竟然留下了积简充栋

1　罗伯特·勃朗宁（Robert Browning，1812—1889），英国维多利亚时期代表诗人，著有《戏剧抒情诗》《剧中人物》《指环与书》等。

2　理查德·瓦格纳（Richard Wagner，1813—1883），德国著名作曲家、指挥家、剧作家。代表作有《尼伯龙根的指环》《特里斯坦与伊索尔德》《纽伦堡的名歌手》等。

的淫诗艳句时，吓坏了。他们心中忐忑，觉得整件事都是骗局。"这些家伙个个都是骗子，糟糕透顶！"他们如是说。然则，作家的要点恰恰在于他不是一个人，而是许多人[1]。正因为他是许多人，才能够创造出许多人物。他有多么伟大要看他涵括多少自我。假如他塑造了一个令人难以信服的人物，那就是因为他身上没有那个人的一丁点儿印记。于是他只得求助于观察，只能形容，不能传神。作家不是借由外物去揣摩，而是在心中体验。他所拥有的不是同情，同情每每沦为滥情；他所拥有的是心理学家所说的"移情"。正是因为莎士比亚如此精于"移情"，才成为最善感却又最不伤感的作家。我认为歌德是第一位意识到存在多重性格的作家，而且这个问题令他一生难安。他总是在比较作家歌德和歌德其人，而又无法对二者间的差异安之若素。不过，艺术家和世人二者目的不同，艺术家旨在创造，而世人则意在把事做对。所以艺术家的生活态度在某种程度上为他所独有。心理学家告诉我们，对于普通人来说，形象不如感觉生动。形象只是一种被弱化的经验，用于提供关于感官对象的信息。在感官世界中，它是行动的向导。世人在白日梦里满足情感需求，使俗

1　指作家的多重人格和自我。

世中的诸多失意也在其间如愿以偿。然而，这一切只是真实生活的苍白的影子，在他心底，他意识到感官世界的种种要求具有另外一种效力。对于作家而言，却非如此。形象和自由的浮想在他心中络绎不绝，它们对他来说不是行动的向导，而是有待加工的材料。它们葆有感觉的所有活色生香。他的白日梦对他来说至关重要，以至于感官世界居然变得虚无缥缈，以至于他竟然不得不去勉力寻求它。他的"西班牙城堡"不是空中楼阁，而是实实在在的城堡，他就在那里生活。

艺术家的自负令人发指，他必须如此。他是一个天生的唯我论者，世界的存在只为供他立身其间一展自己的创造力。他只用部分自我来参与生活，而从未用整个身心来感受人之常情。要知道无论多么迫切需要这种同情共感，他都既是演员又是看客，这常常让他显得无情无义。精明的女人提防他：她们被他吸引，而又本能地感到虽然巴望那样却永远不能完全拿住他，因为知道他会莫名其妙地从她们身边逃开。情圣歌德不就曾告诉我们，他如何在恋人的怀抱里构思诗篇，如何用吟唱的手指在她玲珑的背上轻柔地叩响自己的六音步诗？艺术家不宜与人相伴。创作中他的情感可以真诚之至，但是在他身体里还住着另外一个人，一个会对真情实意嗤之以鼻的人。他从来都靠不住。

然而，诸神的恩赐皆有瑕疵。而作家的这种多重性，让他能够像神一样创造人，却又令他在创造中无法臻至完全的真实。写实主义是相对的。最写实的作家也会依照自己的兴趣来编造人物。他用自己的眼睛看他们。他让他们比实际上更加自知，使他们变得更具反思、更加复杂。他一心扑在他们身上，试图把他们写成普通人，却从未完全做到；因为那种拔群脱俗的特质赋予他才华，使他成为作家，却也使得他永远无法确知何为普通人。他所得到的并非真实，而仅仅是自己人格的移植。而且才华越高，个性越强，他所描绘的人生图景也就越奇异。有时，我脑海中会浮起一个念头，如果后人想要了解今天的世界是什么样子的，他不应该去读那些风格笔致永铭于我辈心底的作家，而应该去看看那些平庸的作家，要知道他们的普通反而使得他们可以更加忠实地描绘他们的周遭。至于他们是谁，无须提及，因为即便确信自己多年后会得到后人的青睐，人们也不愿被目为平庸。不过，我觉得大家都会认同下面这一点：较之查尔斯·狄更斯的小说，安东尼·特罗洛普的小说似乎描绘了更真实的生活图景。

*　　　　　　*　　　　　　*

　　有时，作家必须自问，他写的东西除了对他自己有价值之外，还有没有什么价值。今天，这个问题也许尤为迫切，因为当下的世界，至少在俯仰其间的我们眼中，似乎正处在一种前所未有的动荡与悲惨的境地。这个问题于我别有意义，因为我从来不愿自己仅仅是个作家。我一直都希望自己活得完整。我总觉得，无论多么微乎其微，在公共事业中能略尽绵薄之力是天职，这让我惶惶难安。我天性就想远离各种公共活动，甚至曾极不情愿地加入过几个为了实现一时利益而成立的委员会。可是一想到就算用整个一生去好好学习写作尚嫌不够，我就不愿把自己为达成心心念念的祈愿而如此希求的时间花在其他事上。说句体己话，我从不曾说服自己，让自己相信还有别的什么事也意义重大。尽管如此，当成百上千万的人在饥饿的边缘挣扎；当自由在我们居住的这个星球上的大部分地区奄奄一息或者已然死去；当一场恐怖的战争过后，绝大多数人却经年累月无法触及幸福；当人们因为看不到人生的价值而恓恓惶惶；当千百年来让他们得以挺过苦难的希望仿佛变得虚幻，我很难不去自问：写戏剧、短篇故事和长篇小说是否只是徒劳。我能想到的只有一个答案，就是我们中的一些人生就如此，别的事什么也不会做。我们写，不是因为想要写；我们写，是因为必须写。世界上可能还有其他的事更迫在眉睫需要人做，但我们必须将我们的灵魂从创造的重负中解放出来。我们必须继续前行，纵然罗马在燃烧。别人可能会鄙夷我们，因为我们没有帮忙提桶水，但我们身不由己，我们不知道怎么用水桶；而且，大火让我们心醉神驰，文辞注满我们心间。

不过，作家也不时投身政治。而参政对作家来说有弊无利。我从未看到他们的谏言对处理政务产生过多么大的影响。迪斯雷利[1]是我能想到的唯一例外；但是，对他而言，写作本身不是目的，而仅仅是加官晋爵的手段。倘若有人这样说，亦未有失公道。如今，生活在这个专业化的时代，我想，基本上，鞋匠最好修鞋修到底。

---

1 本杰明·迪斯雷利（Benjamin Disraeli，1804—1881），英国小说家、保守党领袖，曾两度出任英国首相。

听闻德莱顿[1]曾借揣摩蒂洛森[2]的作品来学习遣词造句，我便去读了一些蒂洛森的断缣零璧[3]，其中偶然读到的一篇文字在从政这件事上给了我些许安慰。文中写道："有从政牧民之才者，蒙召被选而敢于担当，这时，我们合该快意。是的，我们理当对他们满怀谢意，他们将不辞劳苦、不厌其烦地，在大庭广众面前，施政、过活。故而，有专为从政而生而长者，实为世间一大幸事。加之因为习惯，政务于他而言已非难事，至少可以忍耐……而生活中更虔诚、更恬退、更喜沉思默想者所拥有的优势是，他们不因冗事繁杂而分心，他们的心智与情感都凝于一事，他们所有情感的力量都朝一个方向涌动、奔流。他们的所有思想和努力都系于一个伟大的目标与规划中，从而使得他们的生活浑然一体，始终自洽自适。"

1　约翰·德莱顿（John Dryden，1631—1700），英国诗人、剧作家、文学评论家，被誉为"桂冠诗人"。代表作品有《时髦的婚礼》《一切为了爱情》《阿龙沙与施弗托》等。

2　约翰·蒂洛森（John Tillotson，1630—1694），坎特伯雷大主教。其布道文简练优美，在当时影响广大。

3　断缣零璧，零星且珍贵的文字。

＊　　　　　＊　　　　　＊

哲人没有理由不可兼做文士。但写出好文章可不是只靠本能就行，这是一门需要苦心研习的艺术。哲人不是就只对别的哲学家和读学位的大学生说话，他也向文士、政客和深思熟虑者言说，而这些人则直接塑造未来一代的思想观念。自然，他们会被一种引人入胜而又不太难于消化理解的哲学吸引。尽人皆知，尼采哲学对世界某些地区产生了怎样的影响，却几乎无人愿意声言，它的影响并非灾难。而尼采哲学风行，并不是因为它可能有的深湛之思，而是由于灵妙生动的笔致和动人心弦的文体。一位哲人若不愿不辞辛劳地阐明自己，那只让人看到他的思想不过是谈虚语玄罢了。

然而，一直让我感到安慰的是，我发现有时即使职业哲学家也不能相互理解。布拉德雷经常承认，他茫然不解和他争论的某某人在说什么。怀特海教授在某处坦陈，布拉德雷的话令他难以索解。如果就连杰出的哲学家之间都不能总是互相理解，那么外行人要是时常不懂他们也就大可甘心了。形而上学当然艰深，我们必须预料到这一点。外行人不用横杆保持平衡就去走钢丝，就算是手脚并用地应付过去，也要谢天谢地了。这是惊心动魄的壮举，足以让他冒一下险，跌下来也值了。

从前，随便在哪个地方发现有人宣称，哲学是高级数学家的天地，我就会觉得很窘。如果知识如进化论所言，是在"生存斗争"中出于实用原因而发展起来的；而"知识的总汇"，这对于整个人类福祉都至关重要的学问，却为天资卓异的一小群人专有，在我看来，这似乎让人难以置信。但，话是这么说，若不是碰巧知道甚至布拉德雷都曾坦承对这门艰深的科学不甚了了，我也许就被吓退了，就不再继续那怡人的哲学探究了，因为我连一点儿数学头脑都没有。而布拉德雷可绝不是个蹩脚的哲学家。我们知道味觉因人而异，但若没有它，人类就会凋亡。而如果说你没有训练有素的感知力能够让你准确无误地辨别出二十种不同的红葡萄酒及其年份，你就无法享受一瓶葡萄酒，那倒未必。就像说你要不是位数学型物理学家，那么，对宇宙、对人类在宇宙中的位置以及"恶"的神秘和现实的意义，你就没有言之成理的理论一样。

须知哲学不是一门只同哲学家和数学家有关系的学科，它和我们所有人都息息相关。的确，我们大多数人接受的都是经过了哲学处理的二手事理，而且大多数人根本不知道自己有任何哲学。但哪怕最没有思想的人身上也蕴含着哲学。第一个说"牛奶洒了，哭也没用"的老太太，就是她自己那一路的哲学家。要知道她话里的意思就是"悔恨无济于事"呀。一个完整的哲学体系蕴含其中。决定论者认为，你人生的每一步都是由彼时全部的你推动的。你不仅是你的肌肉、你的神经、你的内脏和你的大脑，你还是你的习惯、你的观点和你的理念。无论你对它们多么无知无觉，无论它们多么自相矛盾、多么不合理、多么有偏见，它们仍在那里，影响着你的行为，左右着你的反应。即使你从没有把它们化作语言，它们依然是你的哲学。而大多数人也许就该对此避而不谈——他们所具有的那一切几乎称不上思想，至少不是有意识的思想，而是一种模糊的感觉，一种就像生理学者不久前发现的肌肉感觉一样的体验，这种感觉和体验是他们从自己生活的社群中吸取的观念，他们还根据自己的经验对其略加修改。他们过着自己有条不紊的生活，有一团混沌的观念和感觉就够了，个中积淀着岁月的智慧，足以应对平常日子的平常目的了。但我一直力图创立自己的生活样式，尚当年少就致力于找出何为我必须应对的根本问题。我想倾力了解宇宙的基本结构；我想决定我必须仅仅思考此生还是来生；我想知道我是否自由，一空依傍，换言之，我可以依照自己的意愿塑造我自己这一感觉是否只是幻觉；我想知道我的人生是本有意义，还是要由我来努力为它赋予意义。于是，我就拉拉杂杂地读起了哲学。

＊　　　　　　　　＊　　　　　　　　＊

　　首先引起我注意的主题就是宗教。要知道，在我心目中，最重要的似乎就是要确定，我生活的这个世界是我需要思虑的唯一世界，还是我只需把它看作一个试炼场，仅仅在为我进入彼岸世界做准备而已。在写《人性的枷锁》时，我专门用了一章来写主人公如何失去他从小接受的信仰。当时有位女士，聪慧，人又好，对我颇有兴趣。她读了这本书的打字稿，告诉我说这一章写得不够充实。我就重写了一遍，但感觉并没有多大起色。因为这一章描述的是我自己的经历，而且我相信自己当初得出那个结论的理由并不充分。那是一个懵懂少年的理由，源于心灵而非出于头脑。父母去世后，我便和叔父一起生活。他是位牧师。他年届五十，没有孩子，我敢肯定，突然有个小男孩塞给他要他照顾，这对他来说的确是个大麻烦。他一早一晚都诵读祈祷文，我们每个礼拜天要去教堂做两次礼拜。礼拜天总是忙忙碌碌。叔父一直念叨，他是教区里唯一每周工作七天的人。其实，他懒得出奇，把教区事务都丢给了助理牧师和教区委员。不过我那时易受影响，很快就变得非常虔诚。无论是在叔父的教区牧师公馆，还是后来在学校里，我都对所学的宗教内容深信不疑。

不久，有件事就触动了我。上学没多久我就发现，口吃对于我是个多么大的不幸，我要面临无数的嘲笑，忍受无尽的羞辱。我在《圣经》里看到这样一句话，说只要你有信仰，你就能够移动群山。叔父当时还向我保证这句话是确凿的事实。有一回，在我返校的头天晚上，我使出了浑身的力气向上帝祈祷，求他帮我消除语言上的障碍。怀着那样的信念，我入睡的时候心里特别笃定，想着等第二天早上一醒来，我就能像其他人一样顺顺溜溜地说话了。我甚至还想象着学校里的同学们（那时候我还在读预备学校呢）发现我不再口吃时，会是多么惊讶的模样。可等我一觉醒来，满心欢喜地试着开口说话时，却震惊地发现自己还是口吃，那感觉真的糟糕透顶，对我的打击实在是太大了。

我又长大几岁，进了国王公学。那里的老师们都是牧师，他们又蠢又暴躁。我的口吃让他们光火，他们要么根本不搭理我（其实我倒宁愿如此），要么就欺负我。他们似乎觉得口吃是我的错。不久，我发现，叔父是个自私的人，他一心只顾自己安逸。附近教区的牧师有时会来公馆做客。其中，有一位因为把自家奶牛饿得要死而被郡法院课以罚金，另一位则因被判醉酒而丢了圣职。人们一直教导我，我们生活在上帝面前，而人类的首要事务就是救赎自己的灵魂。可我不禁注意到，这些牧师个个都是说一套做一套。尽管我有热诚的信仰，但无论在家还是在学校，总不得不去教堂做礼拜，也实在让我厌烦极了。所以，一到德国，我便欣然享受起可以不用去教堂的自由来。 不过，出于好奇，我还是有两三次到海德堡耶稣会教堂去望大弥撒。虽说叔父对天主教徒有一种天然的同情（他是个高教会派信徒，到了选举的时候，他们还会在花园的栅栏上刷上"此路通向罗马"的字样），但他深信天主教徒定会在地狱中下油锅。他坚信永恒的惩罚，憎恶教区里那些不信奉国教的人，甚至觉得国家居然会容忍他们是件咄咄怪事。他的慰藉就是这些人会遭受永罚之苦，天堂是为英国国教会的信徒们预留的。能在这样的团契里成长，我觉得是上帝莫大的慈悯，它就像生而为英国人一样奇妙。

但等我到了德国，发现德国人都以自己是德国人为傲，就像我因为自己是英国人而觉得自豪一样。我常听他们说英国人不懂音乐，莎士比亚只有在德国才遇知音。他们把英吉利人称作"出小店主的民族"，坚信作为艺术家、科学家、哲学家，德意志人都远远胜出。这让我震惊。而在海德堡望大弥撒，我不禁注意到，那些把教堂挤得满满当当的学生个个看上去都那么虔诚。说真的，他们真诚地信奉着他们的教，就和我信自己的教一样。因为我想当然地认为他们的信仰是错的，而我的才是对的；既然如此，他们还如此虔敬，真是奇怪。我想我可能天生就没有强烈的宗教情感，或者就是在不肯宽假的少年时代，在与众多牧师的不得不尔的接触中，看到他们那么言行不一，觉得诧异，就怀疑起来。不然，我几乎想不出，当时在脑海中浮现出的一个那么简单的小念头，对我产生的影响居然会如此深远。我猛然想到，自己也有可能生在德国南部，那么，我就自然而然地成长为一位天主教徒。于是，我就得遭受没完没了的折磨，虽然不是因为我的错；我觉得这太难以接受了。我天性淳朴，憎恶这样的不公。于是，水到渠成，我断言：一个人信什么根本无足轻重，上帝总不能因为人家是西班牙人或者霍屯督人，就去惩罚人家。我本来可以到此为止的，如果我当时不那么无知，可能就接受那种类似 18 世纪流行的自然神论了。可那些早就灌输给我的信仰是环环相扣的，只要其中一个看着反常，其他的就都跟着反常起来。于是，那整个骇人的信仰体系，它原本就不是建基于对上帝的爱，而是以对地狱的恐惧为根基，此刻就像纸牌屋一样轰然倒下，分崩离析。

无论如何，理智上，我不再信仰上帝了。一种新的自由让我感到狂喜。但我们信不信不是单凭理智，在灵魂的某个幽邃的壁龛里，对地狱之火的古老畏惧依然在摇曳、闪烁。很长一段时间里，我的狂喜都掩映在那承自祖先的忧虑的暗影里。我不再相信有上帝，可骨子里，却依然相信有魔鬼。

　　　　　＊　　　　　　　　＊　　　　　　　　＊

　　我竟不愿步武[1]比我聪明得多的人，这也许看似傲慢。不过，虽说我们彼此之间有诸多相似之处，但没有两个完全相同的人（我们的指纹就是证据），所以我实在想不出有什么理由，不能让我尽可能地去走自己想走的路。我一直试图给自己的生活勾勒出一个样式。我想，这可以描述为一种调和着明快的反讽的自我实现，拿粗坯做细瓷吧。不过，出现了个问题，在本书的开头，说到这个题目时，我避而未谈，但既然已避无可避，就只得重拾旧题。我意识到自己不时会想当然地理解自由意志。我有时说得好像我有本事随心所欲地塑造自己的意图、指挥自己的行动似的。而在其他一些地方，我又好像在说我认同决定论。如果是在写一部哲学著作，这样摇来摆去确实糟糕。不过我从没有那样的抱负。我

1　跟随。

不过是一介外行，怎么能指望我去解决一个连哲学家都还争论不休的问题呢？

对自由意志这一问题不予置评，似乎才是明智之举，但它碰巧又是小说家颇为关注的问题。因为身为一个作家，他会觉得读者逼着他走向僵硬的决定论。我在前文中就说过，观众是多么不愿意接受舞台上的冲动之举。冲动不过是一种行动的驱动力，当事人自己都不清楚动机是什么。它类似直觉，是你还不明就里时就做出的判断。不过，尽管冲动是有动机的，但观众因为看不见这个动机，就不愿接受它。戏剧的观众和书籍的读者都坚持要知道行动的理由，除非理由很有说服力，否则他们不会承认其合理性。每个人的所作所为都必须符合各自的性格，这意味着他必须做那些读者或者观众根据对他的了解而期望他做的事。为了说服他们接受在现实生活中他们会毫不犹豫就接受的巧合和意外，那可得用点儿心思。他们无一例外都是决定论者，要是哪个作家敢对他们这种顽固的偏见掉以轻心，那他就完了。

但当我回首自己的人生时，却不禁注意到，那些对我产生重大影响的事，有许多都源于一些很难不被视作纯粹的巧合。决定论宣称，选择总是依循阻力最小的路径或者遵照最强烈的动机。然而，我没有察觉出自己始终沿着阻力最小的路径前行，并且若说遵循了最强烈的动机，那么这一动机也必是我渐渐生成的一种自我认知。下棋这一比喻虽略显老套，可用于此处却极为妥帖。棋子已然就位，我便需认可每枚棋子既定的走法规则，也必须应对对手的行棋策略。但在我眼中，我仿若具备依据自身的好恶以及为自己设定的理想来走出符合自我意愿之棋步的能力。在我看来，自己时常能够做出并非全然被限定的努力。这也许是一种幻觉；即便如此，也是一种颇有效力的幻觉。我的棋步，我现在知道，常常走错，但无论如何，它们都朝着预期的目标推进。但愿我不曾犯下那么多、那么大的错，但我并不为此叹惋，也无意悔棋。

我认为这一观点不无道理，即宇宙万物的协同运作促发了我们的每一个行动，而这之中自然也包括我们所有的观点与欲望。不过，一个行动一经发生，从永恒的角度而言，是否不可避免，只有当你认定是否存在布劳德博士所说的"因果性祖源"这类事件后，方能判定，而是否存在这类事件尚未完全确定。休谟[1]早就指出，心智难以察觉因果之间

---

[1] 大卫·休谟（David Hume，1711—1776），18 世纪英国哲学家，代表作有《人性论》《英国史》等。

的内在关联。而近来，"测不准原理"揭示出某些原因明显难以确定的事件，这使人们对科学长久以来所依据的那些定律的普遍有效性产生质疑。似乎有必要重新考量偶然性这一因素了。但倘若我们确实不受因果定律的束缚，那么我们拥有自由的意志也许就并非幻觉。主教与教长们紧紧抓住这一新概念，好似抓住了魔鬼的尾巴，冀图借此将那个老魔鬼重新拉回万有之中。即便不在天堂的殿宇之内，至少在主教的府邸中，已然一片欢腾。但也许唱《感恩赞》还为时尚早，须知当今两位极为卓越的科学家对海森堡的这一原理尚有疑虑。普朗克宣称，他相信进一步的研究能够清除这种反常现象；而爱因斯坦把基于这一原理的哲学思想比喻成"文学"，我想这也许是他的一个委婉的说法，"文学"是荒唐的别名。物理学家告诉我们说，物理学发展极为迅猛，因而，只有通过追读期刊文献才能与时俱进，而凭借一门如此变幻莫测的科学所提出的原理就去构建理论，实在是太过轻率。薛定谔本人也说过，当下，尚不可能对测不准原理做出全面的最终的断语。普通人骑墙也无可厚非，而如果他审慎、明智，那最好把腿垂在决定论这边。

　　　　　*　　　　　　　*　　　　　　　*

　　生命的力量蓬勃丰沛。与之相伴而至的快乐将人们所
面临的一切苦痛与磨难抵消。它让人生值得活，因为它在心
中做工，并以光明的火焰照亮每个人的命运，让无论多么难
以忍受的命运似乎都还可以熬下去。如果你将自己易地以处
时的感受归诸他人，就激发出浓重的悲观主义。而正是这种
悲观（还有其他）才让小说显得如此虚假。小说家用私己世
界构建了一个公共的世界，并把他所独有的敏感、反思力和
情感的涵容力赋予了他虚构的人物。绝大多数人几乎毫无想
象力，在想象力丰富的人看来不堪忍受的环境，他们却不以
为苦。譬如，贫苦人的生活中没有个人天地，这一点在我们
这些珍视隐私的人看来非常可怕，但在贫苦人心目中不是那
样的。他们不爱独处，群居倒让他们觉得安全。但凡在他们
当中生活过的人无不注意到，他们对富有者几乎毫无艳羡。
事实上，我们觉得必不可少的东西，有很多他们根本要都不

要。这是富有者的幸运。要知道大城市里普罗大众的生活中尽是苦难与混乱，但凡有谁看不到这一点，他就是个瞎子。这样的现实让人难以安然接受：人竟会无工可做；工作竟会如此乏味；他们、他们的妻子儿女，竟会生活在饥饿的边缘；最终，竟会没有任何指望，唯有在赤贫中潦倒。倘若革命能治疗这疮痍，那就让革命来吧，快些来吧。

当我们看到，在那些文明国家里——我们一向这样称它们——时至今日，人对人竟会如此残忍时，还说它们已经比以前好了，那不免失之轻率。尽管如此，如果认为较之历史陈于我们面前的往昔而言，这个世界整体上还是更宜居了，大多数人的命运，虽然仍不好，却也不像过去那么可怕了，这样想似乎也并不蠢。人们或许有理由祈盼，随着知识增长，随着许多残忍的迷信和陈腐的习俗被抛弃，随着爱与恩慈之感愈加生动真切，让人类深受其苦的很多罪恶必将被铲除。但很多罪恶也必将继续存在。我们是大自然的玩物。地震会继续肆虐，干旱将毁坏庄稼，不可预见的洪水会摧毁人类精心设计的建筑。唉，人类的愚妄也将继续用战争来毁国灭族。不适于生活的人仍将继续出生，而生活仍将成为他们的重负。只要有的人强有的人弱，弱者就会被逼得走投无路。只要人类还被占有欲诅咒，而愚以为，只要人类存在，占有欲便将存在，于是他们将对那些无力保住自己财产的人巧取豪夺，无所不用其极。只要他们还有孤行己意的本能，他们就会不惜牺牲他人的幸福而一意孤行。一言以蔽之，只要人还是人，他就必须准备好去面对他所能承受的一切苦厄。

根本无法解释"恶"。只得将它视作宇宙秩序的一个不可或缺的部分。对它视若无睹是幼稚的，为它哀叹痛哭是愚蠢的。斯宾诺莎把"怜悯"称作"娘娘腔"，这样的形容出自这位温蔼、素朴的哲人之口，委实刺耳。我猜他是认为，对无力改变的事大动感情亦不过是徒然。

我并非悲观主义者。的确，我要是那样反倒不合常理，毕竟我一直都在幸运者一侧。我竟有如此好运，对此我常感到讶异。我深知有很多人比得到幸运眷顾的我更配得上它的青睐。不管是此处遭遇意外，抑或彼处碰上变故，都可能让一切完全变样，而令我失意潦倒。就像那些和我才能不相上下，甚或更为杰出，而机会也相同的人一样，郁郁不得志。要是他们当中有人碰巧读到这几页，我想恳请他们相信，我可没有狂妄地把自己得到的一切都归因于自己的本事，它们源于一连串我无法解释的歪打正着。虽然身心都有局限，我却一直乐意活着。我不想重度此生，因为那毫无意义；也无意再次经历过往遭受的痛苦，因为一个天生的缺陷，我在生活里经受的痛苦远远多于享受到的欢乐。不过，如果没有身体缺陷，而拥有更加强健的体魄与更为聪慧的头脑，我倒也不介意重新踏入这个世界。如今展现在眼前的岁月看上去兴味盎然。当下年轻人开启人生旅程时所具备的优势，是我那一代人年轻时所不具备的：他们更少受到陈规陋习的羁绊，并且已经意识到青春的价值是何等珍贵。我二十来岁时所处的世界是个中年人的世界，青春仿佛是一段为了步入成熟需要尽快熬过去的辰光。在我看来，如今的年轻人，至少是我所属的中产阶级的年轻人，似乎准备得更为充分。他们如今学到了诸多对自身有用的知识，而我们当年只能竭尽全力自行探寻。两性关系上也更为正常了。如今的年轻女性已然学会如何成为年轻男性的伴侣。我们这代人见证了女性的解放，也不得不面对一个难题：女性不再年纪轻轻就做主妇、当妈妈了，她们有着自己的兴趣和关注点，生活得和男人截然不同。她们想要参与男性事务，尽管能力尚有欠缺。过去她们甘于把自己视作男性的从属，也理所应当获得男性的关照；现在她们既要求关照，又坚持自身新获得的权利，参与所有男性活动。她们的一知半解只会让她们成为累赘。她们不再是管家婆，却也还未学会成为良伴。而今，对于一位一把年纪的绅士来说，再没有比姑娘们更宜人的景致了：她们能干又自信，能在办公室里办公，也能在网球场上酣战，干练地关注公共事务，能鉴赏艺术，能自食其力，能以冷静、睿智、宽容的目光直面生活。

我绝没打算披上先知的斗篷，但我认为，显然，而今正在登上舞台的这些年轻人，肯定憧憬那些将让文明为之一新的经济变革。他们将无从知晓那种备受庇护的安逸生活——很多在战前正值韶华的人回望那段时光，一如法国大革命子遗怀想旧制度（Ancien Régime）。他们也将难以领略那种"生之甜蜜"。此际我们正处于大革命的前夜。我深信无产阶级会日益意识到自身权利，最终在一个又一个国家夺取政权。我一直难抑惊诧，今天的统治阶层，何以宁愿徒然抗拒这排山倒海般的力量，也不去尽心竭力训导民众肩负起未来的任务，以便他们被赶下台时，命运或许可以少些残忍，不像俄国统治阶级遭遇的那样。多年以前，迪斯雷利就告诉了他们该做什么。而就我而言，老实讲，我希望在我的有生之年现状能一直维持。但我们生活在一个快速变革的时代，我或许还会看到西方国家落入共产主义的统治。我认识的一位俄国流亡者告诉我，当他失去地产和财富时，他被绝望征服了；但两周后，他就重获平静，将那被剥夺的一切抛诸脑后，不再念及。我并没有觉得自己对各类财产那么恋念，以致一旦失去，就怅恨良久。如果那样的景况来至我的世界，我会试着改变自己让自己去适应。要是发觉生活不堪忍受，我想自己并不缺少勇气作别这个我不能再惬意地扮演自己角色的舞台。我纳罕，为何这么多人一想到自杀就满心恐惧、掉头不顾。说自杀是懦弱，简直胡扯。当生活所能给予的除却痛苦与不幸别无他物时，我只能赞许那种断然给自己一个了断的人。普林尼[1]不是说过，你若愿意便可赴死这一力量，是神赐予身陷苦厄之人的最美好的恩典吗？那些以违背神圣律法为由而视自杀为罪孽者姑且不论，我想自杀之所以激起众怒，是因为它轻蔑生命之力，借由无视人类最强烈的本能，令人恐怖地质诘这让人类得以存续的力量。

写完这本书，我就大致完成了自己擘画的样式。如果还活着，我会再写些书，聊以自娱，也望博读者一粲，但我觉得它们不会对我的整体规划增添什么实质性内容。房子已然建成，或许还会添加些什么，比如建个露台欣赏美景，或者搭个凉亭消暑沉思；但即使死神让我搁笔，即便拆房工人

1　盖乌斯·普林尼·塞孔都斯（Gaius Plinius Secundus, 23？—79），古希腊作家，有一部百科全书式的作品《自然史》流传后世。

在讣告中得知我已下葬，翌日就开始拆房，这房子毕竟还是建成了。

我期待老去，毫不畏惧。"阿拉伯的劳伦斯"[1]遇难时，我在友人的文章中读到，骑摩托车狂飙是他的一个习好，因他宁愿趁着年富力强在事故中了此一生，而免遭暮年的凌侮。若真是这样，那么，这就是这位多少有点儿爱显摆的奇人身上的一大弱点，足见理性的匮缺。对于完整的人生、完美的样式应包括青春、成年和老年。清晨的美丽和正午的光辉固然美好，但要是有人为了挡住傍晚的宁静而拉上窗帘、打开电灯，那可就太傻了。老年自有老年的佳致，虽然不同，却也不输于青春的乐趣。哲人尝言，我们是激情的奴隶。如是，不受激情摆布，岂是小事一桩？傻瓜老了，还是傻瓜，只是他们年轻时也没什么两样。年轻人对年老满心恐惧，避而远之，只因他们觉得自己步入老境，仍会贪恋那些曾让青春多姿多彩、饶有趣味的事物。他错了。诚然，老人无法再攀登阿尔卑斯山，也再难与曼妙的女郎缠绵床笫，亦不易燃起他人的恋慕。但能摆脱单恋的苦痛与嫉妒的煎熬，

1　指托马斯·劳伦斯，在第一次世界大战中，曾率领阿拉伯人抗击土耳其军队，提供情报，策划作战布局，辅助英军取得优势。

亦是美事；能让时常荼毒青春的嫉妒，因欲望之火的萎落而平息，诚为盛举。这些还只算是消极的补偿，而老年亦有积极的回馈。这听来仿若悖论，可老年人确实拥有更多时间。我年轻时，普卢塔克说大加图八十岁开始学习希腊语那段记述，曾让我颇为诧异，而今已经没有那种感触了。人至老年，每每愿意做些年轻时因耗时太多而避之不及的事务。桑榆晚景，品位得以提升，年轻时偏见会干扰判断，而今没有了这重羁绊，有可能享受艺术与文学的乐趣了。老年人有种自我实现的满足感。老年人挣脱了人性自我中心的枷锁，终于自由了，灵魂陶然于川逝的瞬息，而不求其永驻。人生样式已然完满。歌德祈求死而犹存，以期实现那些有生之年无暇拓展的侧面，但他不也曾言，欲有所成，必谙克己之道吗？读读歌德传记，看他在琐事上浪掷如许光阴，让人不禁愕然。倘若他能更经意地约束自我，或许就能将自身的独特个性发展完备，也就无须寄望来生了。

＊　　　　　＊　　　　　＊

　　斯宾诺莎说，自由的人绝少想到死亡。的确，无须对死亡深思熟虑；但像很多人那样，回避所有关于死亡的思考，也是愚蠢。对于死亡，有个决断才好。一个人怕不怕死，只有到他与死亡对峙之际才可能见分晓。我时常试着去想象，假如医生对我说我得了不治之症，即将不久于人世，我将会有怎样的感受。我也已借我书中很多人物之口说出了我对死亡的所思所想，但我觉得这样做不啻把自己的感受戏剧化，故而我也分不清它们是不是我真实的感受了。我觉得我没有非常强烈的出于本能的对生命的恋念。我得过很多严重的疾病，但只有一次知道自己与死已相距咫尺；不过我当时太疲惫了，怕都怕不起来了，一心只想不再折腾。死既无可避免，如何遇见死也就没那么重要了。如果有人希望自己觉察不到死神的临近，又足够有运气可以毫无痛苦地离世，我觉得那也无可厚非。

我一直都太活在未来，以至于时至今日，尽管未来所剩无几，却还是摆脱不了这个习惯，仍在心里带着几分自得，憧憬着在无多的来日里将我试图绘就的样式完成。常常有那么一刻，我是那么热切地企盼死亡，甚至想向它飞去，就像飞向恋人的臂弯。死所给予我的战栗，一如多年以前生所给予我的悸动，一样炽烈，我一想到它就醉了。在我看来，死会赐予我最后绝对的自由。但，饶是如此，只要医生能把我的健康维持在还让人受得了的程度，我就还愿意活下去。我喜欢这大千世界，未来会怎样这个想法也一直吸引着我。很多曾与我偕行的生命已经到达终点，成为我不住反思的食粮，偶尔也印证了一些我很久以前就有的理念。永别旧友让我难过。对于那些我曾引导、曾保护过的人的福祉，我尚不能漠然置之。但在依赖了我那么久之后，他们自由了。无论自由将他们带往何处，他们都会欣然享受吧。这倒也好。在这个世界的某个位置上待了那么久，我愿意有人快点儿来换下我。毕竟，样式的要旨在于完成。到了稍一添加即成赘疣的时候，艺术家就该舍它而去了。

　　但如果现在有人问我，这个样式有什么用处抑或意义，我只得答之曰：没有。它不过是我因为自己是小说家而强加给这不知所谓的人生的一个东西。为了让自己满意，让自己开心，也为了让我觉得那是一种有机的需要，我按照一定的规划来塑造我的生活，有开始、中间和结尾；就像我根据在这里或那里遇见的人来构思出一部戏、一个长篇小说，或者一个短篇故事一样。我们是天性和环境的产物。我所塑造的并不是我认为最好的，甚至不是我想要的样式，而只是一种似乎可行的样式。有很多样式比我的这个要强。我相信我不是因为受了文人生来就有的幻想的影响，就认为最好的人生样式是农人的生活，他耕种、收获，享受辛劳与闲暇；恋爱、结婚、生子、死去。农人在那蒙恩的沃土上劳作，无须过于劳累，大地就献上丰收，而在那片土地上，个人的快乐和痛苦与人类的苦痛牵系在一起，在我看来，完美的生活在那里完美地实现了。在那里，生活像一个美好的故事，沿着坚实而又绵延不断的线索展开。

我把书抛到一边，

只是因为我意识到时光飞逝，

生活才是我的正业。

W. Somerset Maugham

Chapter 02

作家杂谈

发现自己和大多数人意见相左，

并不太会让我惴惴难安。

我对自己的直觉尚有几分信心。

儒勒·列那尔¹的《日记》是法国文学中一部小杰作。他写过三四部独幕剧，不太好也不太坏，既不会让你乐不可支，也不会使你感动不已，但若是表演出色，倒也可以看到落幕而不觉厌倦。他还写有几部长篇小说，其中《胡萝卜须》写得挺好。小说讲述的是他童年的经历：一个笨拙的小男孩在严厉、不近人情的母亲管教下的悲惨生活。儒勒·列那尔的笔端没有浮文丽藻，没有刻意经营，而这却为苦痛的故事平添了几分哀婉凄楚。那可怜的孩子遭遇的磨难无一丝苍白的希望抚慰，让人心伤。你讥笑他笨手笨脚地讨好那个恶魔般的女人；你感受并体验他受到的羞辱；你为他不应受的责罚气愤，好像受责挨罚的就是你自己。若是谁的血不

1　儒勒·列那尔（Jules Renard，1864—1910），法国作家，著有《胡萝卜须》《自然纪事》等。

曾因那恶毒、残忍的虐待而沸腾，那他定是个铁石心肠的家伙。这不是一本你可以轻易忘却的书。

儒勒·列那尔的其他小说都无足观。它们或是东鳞西爪的自传，或是一些笔记的纂集，里面细心记录了某些他曾与之有过密切接触的人，几乎算不得小说。他的创造力如此匮乏，令人好奇他为什么竟成了作家。他没有创造才能，不能凸显某个插曲的意义，甚至不能层次井然地展现自己敏锐的观察。他搜集素材，但小说不仅仅是由素材堆砌而成的。素材本身是死的，它们的用处在于进一步发挥思想，阐明主题；而为求与自己创作目的相合，小说家不仅有权改变素材，有的渲染，有的轻描，而且非如此不可。确实，儒勒·列那尔有他自己的理论。他断言他的目的只在于陈述，任由读者根据展现给他们的材料去构建小说，而试图再做别的什么就是文学上的欺瞒。但我总是疑心小说家的理论，我从不清楚那些理论除却为他们的短处辩护之外还有什么用。故而，一个小说家若是没有才能精雕细刻一个合理的故事，他就会声称，讲故事是小说家所有才能中最微末的部分；而如果他没有幽默感，他又会抱怨，幽默乃小说之死。但，为给那些无知无觉的素材注入生命的柔辉，就需要激情将其点铁成金。所以，儒勒·列那尔唯一一部好小说，是在自怜的热情与对母亲的恨意如毒液般浸透他忧伤的童年记忆时写就的。

我猜想，若不是他那部坚持不懈记了二十年的日记在身后得以付梓，儒勒·列那尔早就被世人忘记了。那是部出色的作品。他与当时文学界、戏剧界许多重要人物相识，如名伶莎拉·伯恩哈特[1]、名优吕西安·吉特里[2]、作家罗斯丹[3]和卡皮[4]等。他记述自己与他们之间的酬酢交游，口角波俏，若嘲若讽，令人钦佩。这里他犀利的观察力派上了用场。然而，尽管他刻画得栩栩如生，尽管那些聪明人妙语连珠如闻其声，但，也许，无论亲身感受还是得自听闻，你都必须对 19 世纪末 20 世纪初的巴黎有所了解，才能真正体会日记中这些部分的妙谛。日记甫一刊行，列那尔的同业们发现他写到他们时含讥带讽，不免愤愤不平。在他笔下，彼时文坛一派蛮荒景象。常言道"狗不咬狗"。

1　莎拉·伯恩哈特（Sarah Bernhardt，1844—1923），19 世纪末 20 世纪初法国最负盛名的女演员，被誉为"女神莎拉"。

2　吕西安·吉特里（Lucien Guitry，1860—1925），法国演员，于戏剧表演艺术方面造诣颇深。

3　埃德蒙·罗斯丹（Edmond Rostand，1868—1918），法国著名戏剧家，代表作《大鼻子情圣》（Cyrano de Bergerac）为法国浪漫主义戏剧的典范之作。

4　阿尔弗雷德·卡皮（Alfred Capus，1858—1922），法国知名剧作家、记者。

揆诸法国文人，却非如此。在英国，窃以为，文人们多不相闻问。他们不像法国文人那样形影不离。其实，他们不常往来，只是邂逅。我记得多年前一位作家对我说："我更愿守着自己的素材。"他们甚至不太读彼此的作品。一次，一位美国批评家来英国就英国文学现状访问许多英国知名作家，但当他发现自己采访的第一位著名小说家竟连一本吉卜林[1]的小说都没读过时，便放弃了这个计划。英国作家也品评褒贬他们的同行，他们会告诉你某公不错，也会说某君不太行；但他们对前者的推许不至于狂热，而对后者的鄙夷也只是出于漠然而非诋毁。他们并不特别妒羡别人的成功，遇到显然名不副实的，也只令他们骇笑而不至盛怒。我觉得英国作家是自顾自的。他们也许像他人一样自负，但，他们的虚荣满足于为圈内人所认可。他们不怎么介意那些贬损的批评，除却个别的一两人，也没谁去卖力地讨好评论者。他们自己活，也让别人活。

在法国，则是另一番景象。那里的文学生态是无情的争斗，个人与个人间彼此攻讦，派别同派别间相互挞伐，你

---

1 约瑟夫·鲁德亚德·吉卜林（Joseph Rudyard Kippling，1865—1936），英国小说家、诗人。1907 年获得诺贝尔文学奖。代表作有《丛林之书》《吉姆》等。

必须时时刻刻提防敌人使绊子，而又没有一刻能确定朋友不在背后捅刀子。一切对抗着一切，且像某些形式的摔跤一样，可以不择手段。这种生活充斥着辛酸、嫉妒、背叛、怨毒与仇恨。我想之所以如此，原因不一而足。当然，一个原因是，法国人对待文学比我们严肃，书之意味就他们而言与就我们而言截然不同，他们愿意为普通原则争执，激烈如许，让我们愕然——失笑，因为我们脑中挥之不去的念头是，如此郑重其事地看待艺术实在滑稽。由此，在法国，政治与宗教总是与文学纠葛在一起，作家每每看到自己的书被抨击，不是因为书不好，而是由于他是新教徒、国家主义者、共产主义者，诸如此类。这当中有不少值得称道的地方。一个作家不仅觉得自己写的书重要，而且认为他人写的书也重要，这倒是不错。而作家至少认为书应有所为而著，它们的影响有益，就应被捍卫；它们的影响有害，就要被鞭笞，这也很好。如果作家自己对书掉以轻心，那么，书也就无足轻重。而恰是因为法国作家认为，书事关重大，所以，偏袒起来，才那么凶、那么狠。

或在写作过程中，或刚刚完稿，法国作家总是将自己的作品读给同业听，这个对他们而言习以为常的做法却每每让我惊讶不已。在英国，作家有时也会将尚未付梓的书稿寄给同业以求斧正，但此举实为邀誉。若某位作家对同行的手稿真有什么严肃的指摘，那他就孟浪而有失分寸了。他这样只会开罪人，他的谏告不会被听取。而且我不相信哪位英国作家甘心忍受那无聊的煎熬——枯坐几小时听另一位小说家朗读新作。在法国，一个作家，甚至一个名作家都常常依照他所接受的批评建议重写自己的作品，这似乎是理所应当的。大名鼎鼎如福楼拜[1]亦承认他曾因屠格涅夫[2]的评点修改作品。而在安德烈·纪德[3]的《日记》中，你可以看到，他也借此受益良多。这曾让我百思不得其解，我所能给出的解释为，在法国，写作是个荣耀的职业（在英国则从来不是），所以，法国人纵使没有突出的创作才能也会从事这一行当。他们敏锐的聪慧、扎实的教育、悠久的文化背景足以使他们写出高水准的作品，但那是毅力、勤奋、聪颖与知识渊博的果实而非创造欲的结晶，故而，批评以及人们善意的建言，

---

1 居斯塔夫·福楼拜（Gustave Flaubert，1821—1880），法国批判现实主义作家，代表作有《包法利夫人》《情感教育》等。

2 伊凡·谢尔盖耶维奇·屠格涅夫（Ivan Sergeevich Turgenev，1818—1883），俄国批判现实主义代表作家，著有随笔集《猎人笔记》、中篇小说《初恋》《阿霞》、剧本《村居一月》、长篇小说《父与子》《罗亭》《处女地》等。

3 安德烈·纪德（André Gide，1869—1951），法国作家。1947 年获诺贝尔文学奖。主要作品有《背德者》《伪币制造者》《田园交响曲》等。

可以起到很大作用。但要是知道那些伟大作家——典范如巴尔扎克——也不厌其烦这样做，我还是会惊诧莫名。他们写作是因为不得不写，而一经完成，只会想着接下来写什么。当然，这一常规作业表明法国作家甘愿不辞辛劳地使作品臻于完美，而他们虽然敏感，却不像很多英国同行那样自满。

相较于英国同行，法国作家间之所以彼此敌对、满怀怨毒，还有一个原因，即读者太少，养不起那么多作家。我们有两亿读者，而他们只有五百万。每个英国作家都有充裕的空间——他可能籍籍无名，不为人知，但倘若他在某个方面确有才华，他就可以衣食无忧。他不会太富有，但他若是一心向往财富，也就绝不会选择作家这个行业。假以时日，他迟早能拥有一批自己的忠实读者，而为了获得出版社的广告，报纸也必定要匀出大量篇幅给书评，这样，在大众报刊上，他也得到了充分关注。宜乎他无须艳羡别的作家。而在法国，能仅仅凭写小说糊口的作家微乎其微。除非他有私人财产或其他职业来维持生计，否则，他只得求助报章。没有足够多的买书人，一位作家的成功势必大大损及另一位作家。于是，猎取声名成为一场搏斗，而维持声望亦是一场搏斗。这使得作家狂热地不遗余力地要赢得批评家的青睐。批评家的评论竟有如此效应，以至于有名望的作家在知晓某某报将有一篇关于他们的短评时，也会为之心焦；而若非佳评，他们就将勃然大怒。的确，与英国相较，批评在法国更有分量。有些评论家影响之巨，以至于可以成就或毁掉一本书。尽管世界上每个有教养的人都读得懂法文，而法文书也不单只在巴黎有人读，但法国作家真正在意的仅仅是巴黎人，那里的作家、批评家以至于读书界的看法。因为文学上的宏图大志都集中于此，它遂成了纷争倾轧与妒忌怨恨之所。而因为写作在金钱上的回报菲薄如此，作家才满腔热忱，用尽心机地去赢取每年颁发的一些文学奖项，或者争取进入某个学术机构，这不仅为他的文学生涯印下荣誉的徽章，而且将提升他的市场价值。但，对那些孜孜以求的作家而言，奖项太少；在那些成名作家看来，学院里可供填补的空缺亦太过寥寥。而在颁奖与甄拔候选人的过程中又充斥多少秘辛、多少讨价还价、多少权谋，并无几人知晓。

当然，在法国也有些作家不为金钱所动，傲视浮名，加之法国人慷慨宽厚，这些作家会获得名过其实的推重。某些依据任何合理标准来衡量都显然无足轻重的作家之所以能——尤其在青年中——享有令外国人不可理解的盛名，个中原因即在于此。才华与创造力并不总与高尚的品格相伴，这令人遗憾。

儒勒·列那尔很诚实，并没在《日记》中如何美化自己。他刻毒、冷漠、自私、狭隘、妒忌、不知感恩。他仅有的一点儿可取之处是对妻子的爱。整部日记中，唯有她，儒勒·列那尔提及时始终温婉体贴。他动辄为自己臆想出的冒犯左右，自负虚荣得令人难以容忍。他既无宽容也无善意，对自己不懂的东西总是怒目相向、轻蔑有加；不理解它们，也许错在己身，这样的想法绝不可能在他脑际浮现。他讨人厌憎，不会示人以善，也几乎无善意可言。饶是如此，《日记》读来仍甚是精彩。它妙趣横生，机智风趣，一言不着，含义无穷，且智慧纷呈。这是部由职业作家出于使命感写下的日记，作者热烈地追寻着真相，企望着纯粹的风格，希求着完美的语言。作为作家，没有人比列那尔更勤勉认真。儒勒·列那尔匆匆记下巧妙的应对、隽语、警句、所见所闻、人们的谈吐与相貌、风景、阳光与阴影的参差对照等。总之，这些在他写作日后将要梓行的书稿时都派得上用场。如我们所知，有时待他搜集足了素材，就将它们串起来，成为比较连贯的叙事，化作一本书。对于一个作家来说，这是整部日记中最引人入胜的地方，你被带进了一个作家的工作室，参观着那些他认为值得搜集的资料，并得知他是怎样搜集的。至于他没有能力更好地运用那些材料，倒无关紧要。

我忘记是谁说过，每个作家都应记笔记，但切记不要去参阅它。如果你能正确地理解这句话，我觉得，个中确有真理。记下那打动你的东西，它正在你的智慧之眼前随着浩荡无尽的意识之流杂沓而过，你要把它分离出来，固定在记忆里。我们都有过不错的构想、生动的直觉，本以为有一天会有用，但由于太过疏懒而没写下来，它们竟消失得无影无踪。而当你知道自己要做笔记时，相较于不做笔记，你观察起事物来会更加专注；在记笔记的过程中，词句汩汩而出，令你在现实中拥有属于自己的一方天地。使用笔记的危险在于，你可能会对其产生依赖，从而失去写作时着手成春的流畅与自然，后者是要听任被僭称为"灵感"的潜意识发挥到痛快淋漓时方得达致的境界。你也会常常不期然地将笔记生拉硬扯进文中而不问其是否得当。我曾听闻沃尔特·佩特[1]曾撰有数量可观的笔记，记录自己博读与反思的心得，他将这些笔记分门别类保存好，当在某一主题上做了足够的笔记后，就将它们铺陈成一篇随笔。若果真如此，倒可说明为什

---

1 沃尔特·佩特（Walter Pater，1839—1894），英国散文家、批评家。1873年出版《文艺复兴历史研究》，该书再版时简称《文艺复兴》，是佩特最重要的著作。此外，他还著有哲理小说《享乐主义者马利乌斯》、英国文学评论集《鉴赏集》。

么阅读佩特时每每会有逼仄之感油然而生。这或许是他文风中缺少黄钟大吕之音与真力弥漫之气的原因吧。就我而言，写详尽的笔记是绝佳的练习，我只遗憾，天性慵懒使得我未能更加勤奋地记笔记。若能机敏、审慎地加以运用，笔记定有用武之地。

儒勒·列那尔的《日记》既这样吸引我，我也就不揣冒昧整理出自己的日记，呈同业一阅。我得马上声明，我的日记远没有他的有趣。它们时记时辍。有很多年我根本没记过日记。它们也不扮成日记的样子。对自己与某个有趣或有名之人的来往，我没有写下只言片语。当时就没写，现在倒觉得有些可惜。无疑，若将与那些多少有几分私交的著名作家、画家、演员、政界人物的交谈记下来，会令这本书的其他部分也平添些许意趣。但我起初就未想过那么做。我若认为这件事对自己日后的工作无甚用处，就根本不会记下来。尽管在早期的笔记中，我曾匆匆记下自己对人性的所思所感，但那依然是想迟早将其用于我所创造的人物身上。我意在将自己的笔记当作素材库以备后用，仅此而已。

随着年纪渐长以及对自己的意图愈加清楚，我在笔记中愈少记下一己之见，而是更多写下自己对某人某地尚还新鲜的印象，只要这些人和这些地方看似对我当时的特定目的有所裨益。的确，有一次，我去中国，隐约想写部游记，但我的笔记记得非常详尽，乃至我放弃了游记的写作计划，而将笔记照原样出版了。当然，这些文字在本书中都已删去了。我也略去了此前已在别处使用过的笔记，而勤读我书的读者若在本书中发现有几处似曾相识的句子，那并非因为我喜欢那些句子而想要重复，而实乃疏略所致。不过，我也偶尔有意留下一两则曾为我长、短篇小说提供灵感的语句，因为我想这对那些碰巧想起我小说中相应语句的读者来说，看到我依据怎样的材料构想出更为丰盈的片段，或会为之欣然。我从未曾宣称无中生有。我总是需要一个插曲或一个人物来作为起点，但我会运用想象、虚构以及戏剧冲突来将其化作我自己的创造。

我早期笔记里大多写满了一页页对白，而那些准备写的剧本却一直未曾完成，因为觉得它们吸引不了任何人，我就将它们删除了。我没有略去那些评论与反思，虽然现在它们让我觉得夸张、愚笨，但它们表达了一个青涩少年对真实——或他所认为的真实人生乃至自由的思索，他才刚刚脱离备受呵护与束缚的生活，他的所谓思索都被美好遐想与小说阅读引入了歧途，而这对我那个阶级的男孩子而言亦是情理之中的——它们也表达了他对自己成长环境的思想与习俗的憎恶与反抗。我想我若是隐瞒这些，便成了欺骗读者。我第一本笔记写于1892年，那时，我十八岁。而如今我也并不想把自己说得比当初的实际情形更通情达理。那时的我无知、单纯、热情、稚嫩。

我的笔记总共有厚厚的十五册，不过，如上所述，一番删汰后，我已将其长度压缩到与多数长篇小说相类了。希望读者就把这当作它出版的聊可告解的理由吧。刊布本书，绝不是因为我竟高傲到认为自己每个字都足以传世了，而是出于对文学创作技巧与创造过程的兴趣。如果有别的作家写了这样一部书，一到我手上，我会迫不及待地翻读。幸运的是，吸引我的东西似乎其他很多人也都感兴趣。因所愿未尝及此，故而，这总是令我讶异。但也许曾然会成为将然，或许还会有人觉得这页或那页间有令他神往的东西吧。我觉得，若是换成在我文学活动的全盛期，出版此书，是不合适的。那样似乎是在宣示自己有多重要，会唐突冒犯我的同业。而今我老了，不可能是哪个人的对手了，我已远离纷扰，安于退隐。我曾有的志向很久

以前就已实现。我不和谁争，不是因为和谁争我都不屑，[1]
而是我已说完我要说的话，我愿意在文坛腾出地方给别人。
我已做完我想做的事，如今沉默更适合我。近来，有人告诉
我，如果没有新作呈现在公众面前，我很快会被忘记。对
此，我一点儿都不怀疑。好吧，我准备被人忘却。待我的讣
告登载在《泰晤士报》上时，他们会说："噢，我还以为他
多年前就死了呢。"

那时，我将在幽冥间莞尔。

---

1 毛姆在这里化用英国后古典主义诗人沃尔特·萨维奇·兰多（Walter Savage
  Landor，1775—1864）《生与死》中的名句"我和谁都不争，和谁争我都
  不屑"（I strove with none, for none was worth my strife）。诗句为杨绛译。

我走进这个世界，

一方面是因为我认为入世方得阅世，

阅世才能写作；

另一方面也是因为我想真正阅世。

W. Somerset Maugham

Chapter 03

暮年絮语

早早为自己定下活法，

这样做的缺点是有可能会扼杀生命中那份从心所欲。

权作后记。昨天，我七十岁了。人在步入生命中另一个十年时，总不免将那一刻视作意味深长的大事。这虽不无妄庸，却也是人之常情。三十岁那年，哥哥对我说："现在，你不再是小孩子，你是男子汉了，要拿出男子汉的样子。"四十岁那年，我对自己说："我的青春结束了。"转眼五十岁，我说："骗自己没用的，人到中年了，我得接受。"而待到六十岁，我说："如今，已是初老之年，我该整理杂务，结算账目了。"于是，我决意退隐，写了《总结》那本书，怡情遣怀，检视自己从文学与人生中习得的点滴，回思一己所为及其引致的快慰。而在所有这些周年纪念日中，我觉得七十岁最为重要。人至古稀，人们习惯认为其人已得尽天年，于是，他只能将余生视作无从确定的偶发事件，是趁手执镰刀的时间老儿将头转向别处时偷来的光阴。七十岁，他不再是垂垂老矣，而就是老了。

欧洲大陆有个可爱的风俗。当一个取得卓越成就的人到了古稀之年，他的友人、同侪、弟子（如果有的话）会合力为他撰写一部贺寿文集。但，在英国，我们对杰出之士并无这样的善祝善祷。充其量，举行个宴会，并且只有在其人确实堪称卓尔不群时，才不能不如此。这样的宴会，我曾在 H.G. 威尔斯[1]七十寿诞时躬逢其盛。那次来道贺的有几百人。萧伯纳[2]做了即席演讲。他身材修长，仪表堂堂，须发都白了，仍然皮肤光洁、眼神清朗；他岸然傲立，双臂交抱于胸前，以他那种调皮的幽默说了好多令当晚来宾和其他听者觉得难为情的事。他浑厚的嗓音、精妙的演说技巧交织出令人忍俊不禁的趣话，而他那口爱尔兰乡音则同时突出与减弱了他的刻薄。H.G. 威尔斯的鼻子贴在演讲稿上，高声读出演讲词。他一边愤愤不平地慨叹自己年事已高，一边又禁不住怒气冲冲地抗议出席者可能怀有的一种想法——认为举行宴会庆祝七十华诞意味着他心甘情愿息影林下了。他申辩说，自己一如既往准备推动世界迈向正义。

1　赫伯特·乔治·威尔斯（Herbert George Wells，1866—1946），英国著名小说家、政治家、社会评论家，代表作有《时间机器》《隐身人》等。

2　萧伯纳，全名乔治·伯纳德·萧（George Bernard Shaw，1856—1950），英国现实主义戏剧作家，代表作有《圣女贞德》《伤心之家》等。

我自己生日那天没有举行庆祝活动。上午我照常工作，下午到屋后那片幽独的林间散步。我从未能找出这片树林神秘、魅人的原因。它们与我见过的那些林木迥不相同，它们的静默似乎更沉更烈。生机勃勃的橡树缀满绿叶，铁兰的灰色流布周身，仿若罩着褴褛的裹尸布。这个季节的橡胶木叶尽脱，野生楝树簇生的浆果都已干瘪。林间屹立着几株松树，超拔于低矮的众树之上，浓绿如火。这凌乱的、恣意生长的林间弥漫着一缕清奇，独行其间也不觉孤单，心头萦回一丝恐惧，隐然觉得一群看不见的生灵，似人却又非人，正在你身畔振翅而飞。一个影影绰绰的东西正在树后蹑手蹑脚地溜出来，默默看着你走过。周遭悬念密布，仿佛已埋伏就绪，只待某物来临。

　　我回到屋内，为自己沏了杯茶，开始读书，一直到晚餐时候。饭后，我又读了会儿书，玩了两三局单人纸牌，听了会儿广播新闻，拿了本侦探小说就寝。而读完那本小说后，我就睡了。除却和我那几个黑人女佣说过几句话外，当日，我未尝与一人接谈。

　　我就这样度过了自己的七十岁生日，我原也希望如此。我沉入冥思。

　　两三年前，我和丽萨一起散步，不知为什么，她谈起每一想到老之将至，就充满恐惧。

"别忘了，"我对她说，"当你老了，现在让你觉得人生美好的林林总总，你都不想做了。但老也有老的好处。"

"什么好处呢？"她问。

"哦，你几乎不必做你不想做的事了。你可以欣赏音乐、艺术和文学，体悟虽与年轻时大相径庭，但也有异曲同工之妙。观察那些身外事可以得到很多乐趣。若说快乐没那么活色生香了，可痛苦也不那么锥心刺骨了。"

我知道这看上去只是冰冷的慰藉，甚至在说的时候，我就已觉出它所描画的那种灰蒙蒙的前景。事后回思，我觉得老年给人的最大补偿是精神的自由。我想，这份自由盖源于盛年时念兹在兹的事，如今已淡然处之。另一补偿是，老年令你摆脱了嫉妒、仇恨与怨毒。我相信我谁也不嫉妒。我已得以尽展所能。我颇为成功，并不艳羡他人声名。我倒是很愿意把自己盘踞已久的神龛腾给别人。我不介意众人的评说，他们接纳我或离弃我，一例悉听尊便。在他们看似喜欢我时，我自会怡然欣然；而就算知道他们不喜欢，我也不会怫然怏然。我久已明了自己身上的某种特质会招致一些人的敌视。我觉得这很自然，没谁能令所有人都喜欢。他们的恶意并未让我有些许不安，反倒让我觉得有意思。我只好奇想知道自己身上的什么东西让他们如此厌恶。我也不在乎他们如何评价身为作家的那个"我"。总的说来，我想做的都做了，余下的事与我无关。对成功作家身上环绕的那些浮名，我从未萦怀，而我们中很多人竟愚蠢到错将其当成了声望。我常常期冀自己当初是以笔名写作的，那样我就能悄然地行走世间了。其实，我写第一部小说确实用了笔名，但出版者警告我说这部小说或将被大肆挞伐，而我不想躲在一个假名后面，才只得写上真名。我想作家都禁不住暗暗期望死后不要被世人完全忘却，而我偶尔也以揣摩自己在短时期内身死名存的概率娱乐自己。

普遍认为，我写得最好的书是《人性的枷锁》。销量表明它现今仍在被广泛阅读，而它是三十年前出版的。这对一本小说而言可称长命了。但后世的读者不会愿意读这么长的书，我想，当时下这代人老去后——其实，他们能觉得这本书有意义已经让我吃惊不小了——《人性的枷锁》将同许多其他更好的书一道沉入忘川。而在我看来，我的一两部喜剧或还可在世上勾留些时日。它们是以英国传统喜剧式样写就的，这类戏，从王朝复辟时期剧作家直至诺埃尔·考沃德[1]笔下，一直为人所喜，而拙作定会在其中占有一席之地。或许这会让我在英国戏剧史上也占上一行两行的。而我那几个最好的短篇也会在未来漫长岁月中被收入选集，只因时移事往为文中的情境和地点平添了一缕浪漫的神采。两三部戏、十来个短篇，以此迈向明天的旅程，委实行囊单薄，然而终究聊胜于无。而假设我错了，死后一个月就被遗忘了，我也一无所知。

十年前，我最后一次在舞台上鞠躬谢幕（譬喻而已，在我最初那几部戏之后，我就不再做这种不成体统的事了）。新闻界和我的朋友们都认为我不过说说而已，不消一年就会复出。但我并未如此，连一点儿那样的心思都没有。几年前，我决心再写四部小说，然后连小说也不再写了。我已完成了一部（我不把在美国时作为战时工作写下的那本让自己都觉无趣的应命之作算在内），但其他三部想来不可能如愿写出了。一部是以西班牙为背景的神迹小说。一部是描写马基雅维利在罗马涅与切萨雷·博尔贾共

---

1 诺埃尔·考沃德（Noel Coward，1899—1973），英国剧作家、演员和作曲家，擅长写风俗喜剧，代表作品有电影《与祖国同在》等。

处的日子，这段经历为他的杰作《君主论》提供了最好的材料。我的构想是将马基雅维利《曼德拉草》[1]那部剧作中的素材与他们之间的对话结合在一处，了解作者如何凭借其创造力将亲历的细琐小事转化为兴味盎然、扣人心弦的小说。我觉得，借助《曼德拉草》这个剧本，逆向悬拟催生此剧的种种本事，定可令人解颐捧腹。我原打算以描写伯蒙齐贫民窟一个工人家庭的故事作为自己小说的收官之作。五十年前，我第一篇小说讲述的就是伦敦那些得过且过的贫民，而今以同类故事结束自己的小说生涯，想来也自成佳趣。不过，我现在倒甘愿将这三部小说留在悠然的遐想中自得其乐。这是作者从他的书中所能得到的最大乐趣。一旦书稿完成，它们就不再属于他了，他也再不能用那些虚构人物的语言、动作来聊以自娱了。私意自己已入耄耋之年再无力写出什么有价值的作品了——心绪颓唐，精力就衰，想象枯瘠。文学史虽偶以悲悯的同情但更多是以粗暴的漠然，将甚至最伟大的作家的老年之作摒弃，而说来不免心伤，我曾目睹许多当日彩笔纵横的友人于老来

---

1 《曼德拉草》（*Mandragola*）是马基雅维利戏剧代表作，也是第一部意大利语喜剧。整部作品洋溢着人文主义精神，赞美爱情、人的智慧，抨击教会的虚伪、堕落。

才退之顷犹勉力写作的委顿之状。一见之下，令人叹惋。作家与同龄读者最易沟通，而让下一代人选择自己的代言人方不失明智。并且，无论作家让与不让，下一代读者都将如此。对他们来说，他的语言简直是天书。我一直努力描摹自己的人生与际遇。我以为，这一幅画已无可增添。我完成了自己，我愿于此际歇息。

让我注意到我这样很明智的一个标志是，尽管我总是更多地活在未来而非当下，但近来却发现自己越来越常思既往。也许这是自然的：未来已无可避免的这般短暂，而过去却又那么漫长。我总是预先计划且大体都能完成，但，如今，谁又能做什么计划呢？谁能说得清明年或后年会带来什么，自己的境遇又将如何，是否还能像从前那样活着？我过去常在地中海的碧波里泛舟，如今船早落到德国人手里，而我的汽车也被意大利人拿去了，我的房子先被德国人攫去而今又给意大利人占据，我的家具、书籍、绘画，若尚未被劫掠，也业已散佚。但对此，我却比谁都漠然。我已享受过为人向往的奢华，而今而后，有几个属于自己的房间，每日得享三餐，可到一个好的图书馆里借读群籍，余愿足矣。

我的遐思常常为久已逝去的青春牵缠。我做过许多憾事，但尽力不让它们来烦扰自己。我对自己说，那并非我所为，乃昔日之我所为，而我已非昔我。我曾伤害过一些人，但既然无从修复既成的伤害，我乃以有益他人聊作补过。有时，回想起自己在乐享鱼水之欢的年纪，竟几次错过在两性关系上更进一步的良机，难免有几分懊恼。但我知道，我只得如此，我总是容易恶心，每到那一刻，生理上的厌恶就会阻止我踏上冒险之旅，纵然此前它曾以欲望点燃我的绮思。我一直比我期冀的更纯洁。大部分人都夸夸其谈，老人尤其喋喋不休。尽管我一向乐于倾听而讷于言说，但近来却觉得自己也开始呶呶不已了，一经察觉，我就着力改正。因为是被人勉强迁就，故而，老人必须步步留意。他应该努力不让自己变成个老厌恶。他若强要与年轻人摽在一起，那就鲁莽了，他会令他们束手束脚，而他们和他在一起也浑身不自在；若他竟辨不出自己的离开令他们多么惬意，那他可真够愚蠢。如果他在世间有点儿虚名，他们偶尔也会与他往来，但那不是单纯为了与他结交，而是为了能在同龄朋友面前显摆，要参不透这一点，他未免鲁钝了。就年轻人而言，他是座山，而人们登临的乐趣，并不在于攀山，也不在于立于绝顶饱览风光，而只是在下得山后不厌其烦地夸说自己的英勇。老人还是多与同辈交游为上，若能得到些许趣味则堪称侥幸。举座无一不是一只脚已踏进墓穴的老耄之辈，获邀参加这样的聚会当然令人心灰意懒。蠢货老了，愚蠢却并不消减，而年老的蠢货又绝对比年轻的蠢货更招人厌。我不知道哪类更老朽，更让人难以容忍。是拒不服老、令人作呕的佻达浮躁之辈，还是固守过往、对不肯为自己驻足的世界啧有烦言之徒？事情既是这样，当年轻人不愿与他相处，而他又觉得同辈乏味无趣时，这位老人的晚景或许灰暗惨淡。此时，他，除却自己，一无所有，可是我却将之视为别样的幸运，因为，长久以来，我只与我自己相处尚觉差强人意。我从不喜欢与同辈麇集在一起，我觉得这是上了年纪的一大好处，即我可以此为由辞谢聚会，或在寒暄过后，悄然离席。既不得不独处，我也就甘之如饴。

去年，我孤身一人在科姆河畔的一个小屋里度过了几周，四顾无人，我却既不孤独也不无聊。直到炎热和蚊子让我再也待不下去了，我才不太情愿地回到纽约。说来也怪，一个人竟要花上那么久才能意识到身强体健的益处。直到最近，我才想到，自己没害过头痛、胃痛或牙痛是多么幸运。前几天，我读到卡丹的自传，写那本书时，他已年近八旬，在书中，他庆幸自己还有十五颗牙齿。我也刚刚数过自己的牙齿，发现还剩二十六颗。我曾罹患重症：肺结核、痢疾、疟疾，诸如此类，但我从不暴饮暴食，故而肠胃畅适，轻手利脚。显然，若没有健康的体魄，一个人就别想指望老来安乐；而没有充足的收入，安享晚年也无从谈起。并不需要丰厚的收入，因为所求无多。恶习浪费钱财，而老来做到品行端正并不难。但既贫且老却大事不妙，仰仗他人生活更是雪上加霜：我很感激公众的厚爱，这不仅使我衣食无忧，而且可以满足偶尔的异想天开，且能供养有所要求于我的人们。老人常常贪婪，对那些依靠自己的人，他们动不动就用钱来维持颐指气使的权利。我倒没有心血来潮染上这类顽疾。我记忆力很好，除了名字和脸对不上外，读过的书都不忘。而这也有不利的一面，即在将世界上所有伟大的小说都读过两三遍后，再读就不那么起劲了。几乎没有哪部现代小说能引起我的兴趣。故而，如果没有那么多侦探故事，一面引人入胜地打发了时间，一面又一经读过即不再萦怀，我真不知道该做何消遣。我从不读那些主题与我了无干系的书，也不读那些仅仅博人一笑或介绍些对我而言全无意义的人与地域的书。我不想知道暹罗历史或因纽特人的风俗习惯，不想了解曼佐尼[1]的生平，而对肥胖的科尔特斯[2]的好奇也止于知道他曾站在达连[3]的某个峰顶。我仍津津有味地阅读我年轻时读过的那些诗且对今日的诗人也饶有兴趣。而得读叶芝[4]和艾略特[5]的晚期诗作，则让我庆幸自己活得够久。约翰逊博士的全部作品，柯勒律治、拜伦、雪莱近乎全部的作品，我都能读得进。老年掳去了人初读杰作时的狂喜，那份战栗再不可得；而某本曾让人以为自己仿若济慈笔下的"观象者"一样的书[6]，重读之下，却觉不过尔尔，这确实让人伤怀。但对一个科目，我仍抱持着古老的激动，那就是哲学，但不是

1　亚历山德罗·曼佐尼（Alessandro Manzoni，1785—1873），19 世纪意大利浪漫主义文学代表、诗人、小说家。著有历史小说《约婚夫妇》、抒情诗《五月五日》、悲剧《阿德尔齐》等。

2　埃尔南·科尔特斯（H. Cortés，1485—1547），西班牙探险家、墨西哥的征服者。

3　达连（Darien），位于巴拿马东部的一个区域。

4　威廉·巴特勒·叶芝（William Butler Yeats，1865—1939），爱尔兰诗人、剧作家，艾比剧院创建人之一。1923 年获诺贝尔文学奖。代表作有诗集《钟楼》《盘旋的楼梯》《当你老了》等。

5　托马斯·斯特尔那斯·艾略特（T. S. Eliot，1888—1965），英国诗人、剧作家和文学批评家，1948 年获诺贝尔文学奖。代表作有《荒原》《四个四重奏》等。

6　济慈笔下的"观象者"典出济慈十四行诗《初读贾浦曼译荷马有感》（On First Looking into Chapman's Homer）。济慈不懂希腊文，在诗中表达了他阅读贾浦曼英译的《荷马史诗》时所感到的喜悦。他写道："于是我有如观象者，忽见有新星游进眼中（Then felt I like some watcher of the skies/When a new planet swims into his ken）。"

那种往复论辩、枯燥无味的专业化哲学——"如果没办法疗愈世人苦楚，哲学家说什么都是徒劳"——而是探讨我们所遇到的问题的哲学。柏拉图、亚里士多德（人们说他无趣，但你若有幽默感，在他身上就可发现许多令你乐不可支的东西）、普罗提诺[1]、斯宾诺莎[2]，以及各色现代哲学家，如布拉德雷、怀特海[3]，都令我解颐，促我深思。毕竟，他们和那些希腊悲剧家们一样应对那些于人而言至关重要的事。他们令人激越也让人沉静。读他们的书就如在微风里扬帆航过那满缀着上千个岛屿的内海。

十年前，在《总结》中，我曾欲语还休地写下自己由经历、阅读及沉思中偶得的有关上帝、不朽、人生之意义与价值的印象和想法；十年以往，我不确信，自己是否找到了改变心意的理由。如若必须重写，我会对价值观这类紧要话

---

1 普罗提诺（Plotinus，205—270），他的一生几乎和罗马史上最多灾多难的一段时期相并行，却并没有受到那个时代的直接摧残。他以自己的学识和品格赢得了时人的敬重，是新柏拉图学派的主要代表人物，《九章集》为其传世名作。

2 巴鲁赫·德·斯宾诺莎（Baruch de Spinoza，1632—1677），荷兰哲学家，近代西方的三大理想主义者之一，与笛卡尔、莱布尼茨齐名。著有《神学政治论》《伦理学》等。

3 阿尔弗雷德·诺思·怀特海（Alfred North Whitehead，1861—1947），英国数学家、哲学家。主要著作有《科学与近代世界》《历程与实在》及与罗素合著的《数学原理》等。

题处理得更深入些，也许在谈到直觉时更有条理些。虽然某些哲学家已在"直觉"这个论题上筑起"猜想"的巍峨"大厦"，但在我看来，它却堪堪做个地基而已，如此不稳靠，恍若打靶场内摇曳于水柱之上的乒乓球，而建基其上的却是比空中楼阁要实在得多的东西。

如今，我离死又近了十年，对死的了解却不比十年前多。的确，有时，我觉得自己每件事都做得太频繁，认识了太多的人，读了太多的书，观赏过太多的绘画、雕塑、教堂与华美的屋宇，聆听过太多的音乐。我不确知上帝存在与否，证明其存在的论证无一令人信服，而伊壁鸠鲁[1]于往古之时既已指出，信仰在于切己的体悟。那种切己的体悟我却从未有过。而任何人都尚未令人满意地解释邪恶缘何得以与全能至善的上帝相容共存。一度，我为印度教里那神秘的"中"这一概念所吸引，它相、慧、福兼容，无始亦无终。同由人的愿望设想出的其他神祇相较，我更愿意相信它。但我认为它只是一个宏伟的幻想，因为从第一因推演出世界的繁复在逻辑上是不可能的。但当我想到宇宙的浩瀚，想到个

---

1 伊壁鸠鲁（Epicurus，前341—前270），古希腊哲学家，主张人生的目的是追求幸福。这段话出自伊壁鸠鲁《与美诺西斯书》。美诺西斯（Menoeceus）是伊壁鸠鲁的弟子。

中难以计数的星辰以及星与星之间成千上万光年的距离时，我敬畏、心折，而我的想象无从构拟出它的创造者。我甘愿将宇宙的存在当作人的智力无望解决的谜。至于生命之存在，我相信，存在心身一种物质，它蕴藏着生命的胚芽，而其心理方面就是纷繁复杂的进化一事的来源。但生命的目的，如果有，会是什么呢；生命的意义，如果有，又会是什么呢，我却依然一无所知。我只懂得，哲学家、神学家以及神秘主义者所言无一说服我。而如若上帝存在并且关怀世事，那么，可以确信，他一定通情达理，以宽容的态度对待人类的弱点，就像一个明智的人那样。

那么，什么是灵魂呢？印度人称其为"宇宙灵魂"，认为其始自永恒亦绵延至永恒。与说它创造于个体受孕或诞生之时相比，这一说法更易相信。他们认为"宇宙灵魂"具有"真如"本性，源于斯亦终归于斯。这是个怡人的遐思，没有谁能懂得更多了。"宇宙灵魂"牵涉转世轮回这一信仰，而转世轮回又为邪恶的存在提供了人类智慧所能想出的唯一合理的解释。

它将邪恶视为对前世罪愆的报应。它并没有解释为什么全智至善的造物主竟愿或竟能产生罪愆。

但，什么是灵魂呢？柏拉图以降，对这个问题的答案不一而足，其中大部分只是对柏拉图设想的某种修正。我们不断地使用"灵魂"一词，想必是有所指的。基督教将其作为一种信仰，即灵魂是上帝创造的纯粹的精神质料，是不朽的。一个人可能不相信灵魂的存在，可还是会赋予这个词某种意义。当我自问，我所谓"灵魂"何意时，我只能回答用"灵魂"指代我的自我意识、我之为我的特质、我的个性，即由我的思想、情感、经验以及身体上的偶发事故构成的人格。身体的偶发事故会影响灵魂的"体质"，我觉得这一想法会令很多人却步。但我本人对此却笃信不疑。如果我不结巴或者能高上四五英寸，我的灵魂将颇为不同。我下颌有些前突，而我小的时候，人们不知道在下颌还有可塑性时，这一缺陷可以通过戴金属箍来矫正。如果他们知道，我的相貌就会是另一副样子，我那些同伴对我的反应也就会不同，因此，我的性情、我对他们的态度也会两样。然而，能被一副牙具矫正的灵魂又为何物？我们都知道，如果不曾机缘巧合遇上某某人，或不曾在某个特定的时刻出现在某个特定的地点，我们的生活将会有多么大的改变。而我们的性格、我们的灵魂亦然，也会是另一番气象。

无论灵魂是品质、情感、怪癖以及诸如此类东西的聚集物还是纯粹的精神质料，性格都是其可感的外在表现。

我想人人都会同意，不论是精神上的还是身体上的，苦痛总归会影响性格。我曾认识一些人，于贫困潦倒、籍籍无名时，他们满怀嫉妒、苛刻无情、吝啬自私，但在功成名就后，却变得慷慨大度。银行户头里有了点儿钱，略略尝到了点儿成名的滋味，难道就能使他们灵魂伟大起来？相反，我也认识一些人，他们曾体面、可敬，但当贫病缠身时，他们却开始说谎、欺骗、易怒、怨毒。因而，与身体偶发事故紧密相关的灵魂竟能脱离身体独立存在，对此我难以置信。你看到死人，几乎马上想到看他们那副样子就是真死了。

有时，我会被问及是否愿意再重新活过。整体而言，我的一生还算顺遂，也许比大部分人都要好，但我还是看不出重活的意义来。那会像将读过的侦探故事再读一遍一样无聊。但假设真有轮回，真有这为四分之三人类所明确崇奉的信仰，而人又可以选择是否开始新的尘世生活，那么，在过去，我有时会想，我倒是愿意趁此机缘去体察环境及精神与肉体的癖性阻碍我尝试的经验，学习我没有时间和机遇学习的东西。但现在我却宁愿拒绝。此生足矣，我不相信永生也不向往永生。我愿意迅速地、没有痛苦地死去。随着我最后的呼吸，我的灵魂也带着它的渴望与耽溺归于虚无，若能确信这一点，我即心满意足。伊壁鸠鲁写给美诺西斯信中的一段话我一直记着："务必习惯死对我们毫无意义这一信念。因为善恶存于感觉，而死褫去了感觉。因此，正确理解'死对我们毫无意义'将使这易朽的人生变得有趣，倒并不是因为它增添了无尽的时间，而是因为它去除了对不朽的执念。对一个人来说，若他能真正理解不活并没有什么可怕，那么，活也就没有什么可怕的了。"

以这段话，在这个日子，结束这本书，我想是合宜的。

距我写上面那篇文章又过去了五年，尽管我所提到的四部小说我迄今已完成了三部，第四部不写了，但我并未修改这些文字。当我从淹留已久的美国重返英伦，再次造访那些我打算设为小说背景的街区，再次与那些我想将其作为原型写进小说的人往还，我发现已发生了很大变化。伯蒙齐不再是我认识的伯蒙齐了。战争毁掉了很多东西，许多人失去了生命。失业的忧虑曾像乌云一样笼罩着我的朋友们的生活，而今已不再有失业了，他们也不再住那臭虫肆虐的出租屋，而是住进了整洁的市建公寓。他们家中有了收音机、钢琴，他们每周看两次电影。他们已不再是普罗阶层，而成为小资产阶级。但这些朝向好的方面的并不是我发现的唯一变化。人们的精神也不同了。在恶劣的旧时代，尽管他们忍受着困苦贫穷，却欢乐、友善，而如今令人叹惋的是，他们的生活全给嫉妒、恨意与怨毒毁了。从前他们乐天知命，如今他们却对那些享有他们无法享有的优渥条件的人满怀憎恨。他们阴郁，不满。我相识多年的一位母亲、一个女清洁工对我说："他们弄净了贫民窟和垃圾，可幸福和欢乐也给弄净了。"我步入了一个令我陌生的世界。我毫不怀疑它仍能为一部小说提供丰沛的材料，但我记挂的境况已不复存在了，我看不出写它的意义。

在过去的五年里，我也许比从前多学习了些知识。一个偶然的机缘，我结识了一位著名的生物学家，这让我得以浅表地了解了些生物哲学。这是门启人神智、引人入胜的学科。它令人精神超脱。科学家似乎都同意，在邈远未来的某个时期，我们的地球就无法供养最基本的生命形式，而在这之前人类早已灭绝了，如同许多不能适应环境变化的生物一样。由此，我们几乎势必得出这样的结论：进化云云都是徒劳。而究其实，就自然而言，导致人类产生的过程简直荒诞得惊人，宛若基拉韦厄火山喷发或密西西比河洪水泛滥一样惊人，但并无改其荒诞。因为没有一个明智的人会否认，纵观整个世界史，不幸的总量远远超过幸福的总量。只在一些很短的时期内，人们才免于惨死的忧虑与暴卒的威胁。而正如霍布斯所说，并不仅仅在野蛮时期，人们的生活才孤独、贫穷、恶劣、残暴、短暂。从古至今，很多人在来世信仰中找到慰藉，平复自己暂居这悲伤的人间时所遭遇的恁多苦难。他们很幸运。信仰，对信仰者而言，解决了理性无从解决的难题。有些人将一种无可非议的价值归功于艺术，说服自己相信以人生的苦难换得光辉的诗章、璀璨的画卷——所付代价并不高昂。

我对这一态度不以为然。哲学家倡言，艺术的价值在于艺术的效果，并由此引申出艺术的价值不在于美而在于引发正确的行为。在我看来，这一说法才是对的。因为艺术效果假若没有感染力，那么它就是徒劳的。如果艺术仅仅是一种快感，无论它多么空灵，都无足轻重。就像支撑巨大拱顶的立柱柱头上的雕刻一样，它们优雅、繁复、悦目，却毫不实用。艺术若不能激发正确的行为，那就只是知识阶层的"鸦片"。

在艺术中，人们找不到对那在《传道书》中早已获得不朽表达的悲观的慰藉。我以为，在直面世界的疯狂时，人所展现出的英风豪气中有种比艺术之美更伟大的美。当帕迪·非纽肯一边向死亡俯冲，一边向自己中队的飞行员们传送"就这样了，伙计们"这一信息时，我从他无畏的姿态中发现了这种美；当奥茨上校在极地的暗夜中宁愿赴死也不拖累同伴时，我在他的冷静决绝中见识到这种美；海伦·瓦利亚诺，这个既不年轻、俊俏，也不聪明的女人，宁愿遭受惨无人道的严刑拷打、宁愿死，也不出卖自己的朋友，而且她为之献出生命的并不是她自己的祖国，在她的忠贞里，我看到了这种美。帕斯卡尔曾写过一段著名的话："人不过是根芦苇，是自然界中最脆弱的东西；但，他是一根能思想的芦苇。用不着整个宇宙都拿起武器来将他毁灭，一丝风、一滴水就足以致他死命了。然而，纵使宇宙毁灭了他，人却仍比致他于死命的东西高贵得多，因为他知道自己会死去，以及宇宙对他所具有的优势，而宇宙对此却一无所知。"果真如此吗？当然不是。我觉得现在"尊贵"这一观念有些失格，我认为这个法文的词译成英文中的"高贵"更恰切。有种高贵并不源自思想。它更天然。它既不取决于文化也不依赖教养。

它植根于人最为原始的本能。面对它，上帝，若真是他创造了人，会羞耻地藏起头。人尽管有种种缺陷与原罪，但也不无精神的辉煌，明白这一点，人就不会绝望了。

但这些都是凝重的话题，我纵使有能力应对，在这里也并不合宜。我像在战时的码头上等船的过客。我不知道哪一天起航，但已准备好即刻登船。城中的景致没有造访也只得作罢。我不想去看那精美的新高速路，我将永远不能在上面疾驰了；也不想去看宏伟的新剧场，虽然它设施现代，我将永远不能在里面一坐了。我读读报纸，翻翻杂志，但若有人借给我一本书，我会拒绝，因为没有时间读完，毕竟，旅途在即，我没有心思读书。我会在吧台或牌桌上认识一些人，但我不打算同将分别的人做朋友。我正振翼归去。

【全文完】

我已拥有精神的独立。

我已学会走自己的路，而不去理会别人怎么想。

我为自己争自由，也愿给别人自由。

W. Somerset Maugham

后记　**别处踟蹰**

　　　　　　　走向远方的旅程，永远都只是走向自我的深处。

　　　　　　　　　　　　　　　　　　　　　　——谢阁兰[1]

　　他是加西亚·马尔克斯[2]最心仪的作家，曾深深启迪过
"007"之父伊恩·弗莱明[3]。目无余子的乔治·奥威尔[4]奉他为
导师，称他为"对自己影响最大的现代作家"。

　　他，是毛姆。

1　维克多·谢阁兰（Victor Segalen，1878—1919），法国著名诗人、汉学家，
　　亦曾担任海军军医，游历中国多年。代表作有小说《勒内·莱斯》、诗集
　　《古今碑录》等。

2　加西亚·马尔克斯（García Márquez，1927—2014），哥伦比亚作家，拉美
　　魔幻现实主义文学代表人物。1982 年获诺贝尔文学奖。代表作有《百年孤
　　独》《霍乱时期的爱情》等。

3　伊恩·弗莱明（Ian Fleming，1908—1964），生于英国伦敦，曾担任记者，
　　从事过间谍工作，代表作有"007系列"小说。

4　乔治·奥威尔（George Orwell，1903—1950），英国著名小说家、社会评论
　　家，代表作有《一九八四》《动物农场》等。

那么，又是什么让毛姆如此拔群脱俗？

这本书也许会给出一个答案。它们出自毛姆的《总结》和《作家笔记》，分别完成于他六十四岁和七十五岁。

诚然，这是一部回忆与悼祭之书。清丽、雅驯的文字雕镂出人生的逼仄与超迈。其间，我们将与那个八岁丧母、十岁丧父，在叔叔并不经意的护持下为口吃自卑的孩子邂逅偕行；将见证那个十七岁入海德堡大学攻读哲学与唯美主义，一年后返英，复又弃医从文、倾心写作的少年的叛逆、困惑、求索与成长；将倾聆那位睿智、淡泊，偶尔刻薄的老人对文学与艺术的体悟，对世事和生命的感怀。在那无常、无望、无告的嗟叹里，生命的火萎落，梦的余烬明灭闪烁，像映在记忆里那枚遥远的月亮。

这也是一部独特的"航海日志"。兰波说："生活，在别处。"毛姆一生的追求亦是"去别处"。早失怙恃的他，在别处，寻找父亲——精神的祖国；寻找母亲——心灵的原乡；寻找自己——新的自己，由自己生出的自己。

以此，人生成为走向世界与自我的双重旅行。

旅行的终点在变换：塔希提、俄罗斯、中国……旅行的目的却恒一：让生命在行旅之中，自我发现，自我更新，自我救赎，抵达自由。

一

"去别处"的原动力似乎是一种与生俱来的缺憾感。

我天赋不好，个子矮。虽然耐力还行，但力气不够大，口齿也不伶俐，性格腼腆，体质柔弱。我一点儿运动天分也没有，而在英国人的日常生活中，运动和竞技却占有莫大的比重。不知道是出于上面的哪个原因，还是我天性如此，在同伴面前，我总有一种本能的荏弱，因为这一点，我很难和他们熟络。我喜欢个体意义上的人，但从不喜欢群体意义上的人。那些让人和人一见之下便倾心相与的迷人魅力我一个也没有。虽然随着阅世渐深，我也已学会了与生人热情寒暄，但我从没有第一眼看去就喜欢上某人的经验。在火车上，从来没有和一个我不认识的人打过招呼；在客轮上，我也从来没和一个同船的旅客攀谈过，除非人家先和我搭话。体质羸弱让我不胜酒力，于是也就无缘消受酒精促成的人与人之间的亲密……

笼在岁月的暮色里，毛姆回顾所来径。尽管用的是第一人称，但审视的目光拉远了我和"我"的距离。"不""没有""难"，络绎而至的否定似是写实却也流露出对那个"我"的拒斥。也许这当中皴染了回忆所特有的戏剧性，但也可以借此勾勒出"我"基本的生命样态：自卑、自我厌弃，进而自我封闭，在自我与他人之间隔起一道若有似无的墙。

"天赋不好"这一平实的表述背后是深入骨髓的缺憾感，是对生命根底处永难弥补的欠缺的怅惋。它让人想到亨利·米肖[1]那首诗《我生来有洞》。"洞"是生命的蛀痕，是人生实难的象喻。诗人用奇崛的意象不期然地道破了小说家心底的隐痛。

但，毛姆又与米肖不同。在米肖笔下，缺憾感俨然就是我之为我不可或缺的前提：

　　我有七种或八种感官，其中一种是缺憾感。

　　我抚摸它，叩响它，就像人们叩响木头。

1　亨利·米肖（Henri Michaux, 1899—1984），法国诗人、画家，著有《一个野蛮人在亚洲》。

不！应该是叩响森林，那种在欧洲早已绝迹的森林。

这就是我的生命，依存于虚无的生命。

假如这虚无消逝，我就要去找寻自己，我就要惶然无措。那就更差劲了。（拙译）

显然，毛姆不会认同诗人这不无偏执的深刻。毛姆虽不曾无视缺憾感，却从未将目光始终凝注于它。也许因为热爱 18 世纪文学，毛姆崇尚节制，追求理性。他一生都在"按照一定的规划来塑造我的生活"，深知"我们是天性和环境的产物。我所塑造的并不是我认为最好的，甚至不是我想要的样式，而只是一种似乎可行的样式"。

故而，在毛姆眼中，缺憾感固然缘于生命的罅隙，但因了那罅隙，也流进了自由的风与澄澈的光。

说到底，毛姆，如他自己所言，"不是悲观主义者"。他爱生命，爱生活，进而爱那与生俱来的缺憾感。所爱上的自然地包括了所没有爱上的，这是爱的魔力抑或魅力所在。

二

"去别处"意味着甘愿流浪。

流浪，出发，去远方。在《总结》里，他将自己对他乡的企慕之情与对父亲的孺慕之思绾结在一起：

 父亲去过巴黎，做过英国大使馆的诉讼律师，我不知道他这样选择的原因，想必是对未知的渴望吸引了他——同样的执念也吞噬了他儿子。他的办公室正对着大使馆，在圣奥诺雷区，不过他住在当时的昂坦大道，那条街起自香榭丽舍圆形广场，轩敞宽阔，路畔栗树婆娑。就当时而言，他称得上游踪颇广。土耳其、希腊、干旱的小亚细亚都曾留下他的旅痕，在摩洛哥，足迹所至远及非斯，彼时该地尚访客寥寥。

于是，流浪于毛姆多了一份宿命的神秘，是律动在血脉里的召唤。

但，在异域之旅中，毛姆真正的向导是画家高更。高更离开前辈欧洲行旅画家热衷的地中海，去往遥远的太平洋群岛，在那里生活、创作长达十二年，最后长逝于希瓦瓦小岛。在 19 世纪殖民背景下，高更扬弃欧陆传统，拥抱异域文明，这无疑是极具胆识的壮举。在以画家为原型的《月亮与六便士》中，毛姆致敬了这位先行者。他也来到了南太平洋，在自然里寻觅疗愈的力量。他在《作家笔记》中写道：

太平洋。有的日子里，任你遐思所及描绘出的一切，它都可呈现。大海，微波不兴，只在湛蓝的天空下，明媚地蓝着。海天之交，轻云如絮，待到黄昏时分，云朵的形状奇异地变幻着，几不容你不信天际绵亘着层峦叠嶂。夜晚也一样惬意，星光明丽，稍许，月华流空，清辉粲然。但，常常出乎你的意料，海变得狂暴起来，白波连山，有时又如大西洋一般灰暗。浊浪排空，而幽独是太平洋最为精彩之处。日复一日在海上航行，却看不到一艘轮船。偶尔，几只海鸥飞过，提示不远处有方陆地，有座没于万顷烟波的岛屿。但四望却没有一只货船、帆船或渔舟映入眼底。它，是空阔的广漠，顷刻间，这空无令你隐隐觉得不寒而栗。

那是对这辽远、静默的空无的恐惧。

他比高更走得更远。他来到亚洲。在异乡，他不由怀念起那个看似不在场，甚或一直意欲远离，其实却铭于心底的有回忆、有身世的故园：

> 月下的曼德勒。一座座白色的大门洒满银辉，门楼投下它们在月光中的剪影。此情此景令人目醉神迷。曼德勒护城河小巧婉约。它没有基拉韦亚的壮美，没有科摩湖如画的风光，没有南太平洋诸岛美得让人心神荡漾的海岸线，没有伯罗奔尼撒朴素的庄严，但它的美是一种能为你所把握、所欣赏，并与之合而为一的美，它的美不会使得你欣喜若狂，却能给你恒久的愉悦。其他那些美需要特定的欣赏与品鉴的心态，它的美却与不同季节、各异心绪相宜。就像赫里克[1]的诗一样，当你无心读《地狱篇》或《失乐园》时，可以愉快地拿起它。

---

1 罗伯特·赫里克（Robert Herrick，1591—1674），英国"骑士派"诗人之一，代表作有《樱桃熟了》《致水仙》等。

诗人谢阁兰认为，对于欧洲人，中国意味着三重的异域：第一重是空间的异域。中国在世界的东方，与欧洲遥遥相对。第二重则是时间的异域。中国是可与古希腊、古埃及并称的古国。最后也是最重要、最独特的，中国的文明没有断裂，因而，对于西方，它更是文明的异域。"一战"后，毛姆选择探访中国。他说：

> 去时我满怀旅人情愫，对艺术兴致盎然，对一个有着悠久文明的陌生民族充满好奇，一心想要尽识其风俗礼仪。我还存了个念头，那就是我一定得认识形形色色的人，和他们相熟会拓展我的体验。我真的这样做了。我在笔记本上写满了对各个地方、各色人等的描述，以及由它们联想到的各类故事。我体悟到我从旅行中所能汲取的独有的益处。那之前，对此我只有一种本能的感受。这一益处一方面是获得精神的自由，另一方面则是收集或可在创作中为我所用的各类人物。

这段话出自《总结》。此时的毛姆已告别了旅人的猎奇。他要在异域文明中体悟、体认普遍人性。

三

　　"去别处"在邂逅"多"的同时，也必然与"异"狭路相逢。

　　在札记中，谢阁兰重新定义了"异域情愫"。他这样写道："异域情愫……是个性鲜明的人，在邂逅某一对象时，因感受到彼此距离而陶醉，是一种别样的内心反应（'异域情愫'与'个性精神'相辅相成）。"谢阁兰认为，"唯有'个性'强烈的人才能感觉到'差异'"。在毛姆的文字中，我们看到，自我与异域的相遇不只是一种对峙，还会在碰撞中反思自我，完成自我更新：

　　　　但等我到了德国，发现德国人都以自己是德国人为傲，就像我因为自己是英国人而觉得自豪一样。我常听他们说英国人不懂音乐，莎士比亚只有在德国才遇知音。他们把英吉利人称作"出小店主的民族"，坚信作为艺术家、科学家、哲学家，德意志人都远远胜出。这让我震惊。而在海德堡望大弥撒，我不禁注意到，那些把教堂挤得满满当当的学生个个看上去都那么虔诚……因为我想当然地认为他们的信仰是错的，而我的才是对的；既然如此，他们还如此虔敬，真是奇怪……我猛然想到，自己也有可能生在德国南部，那么，我就自然而然地成长为一位天主教徒。于是，我就得遭受没完没了的折磨，虽然不是因为我的错；我觉得这太难以接受了。我天性淳朴，憎恶这样的不公。于是，水到渠成，我断言：一个人信什么根本无足轻重，上帝总不能因为人家是西班牙人或者霍屯督人，就去惩罚人家。

终于，渴望"去别处"的毛姆走到了自我的"别处"。自我因为拥抱"异"而有别于"故我"，成为"新我"。自我本身就是流动的、多异的。

"我"在我的别处。这是毛姆给我们的启示。

董伯韬

2024 年 12 月 27 日于上海

毛姆

(W.Somerset Maugham, 1874—1965)

小说家，剧作家
毕业于伦敦圣托马斯医院，后弃医从文
在现实主义文学没落期坚持创作，并最终奠定文学史上经典地位
倡导以无所偏袒的观察者视角写作，包容看待人性
1946 年，设立"萨默塞特·毛姆奖"，奖励优秀年轻作家
1952 年，牛津大学授予名誉博士学位
1954 年，被英国王室授予 Companion of Honour 称号
1965 年 12 月，在法国里维埃拉去世

经典作品
《人性的枷锁》（1915）
《月亮和六便士》（1919）
《叶之震颤》（1921）
《面纱》（1925）
《刀锋》（1944）

我的心渴望一种更加惊险的生活

作者 _ [英]毛姆　　译者 _ 董伯韬

编辑 _ 栾喜　　装帧设计 _ 孙莹　　主管 _ 邵蕊蕊
技术编辑 _ 陈皮　　责任印制 _ 刘淼　　出品人 _ 李静

果麦
www.goldmye.com

以 微 小 的 力 量 推 动 文 明

图书在版编目（CIP）数据

我的心渴望一种更加惊险的生活 ／（英）毛姆著；
董伯韬译. -- 天津：天津人民出版社，2025. 8.
ISBN 978-7-201-21313-2

Ⅰ. Ⅰ561.65

中国国家版本馆CIP数据核字第2025C6M457号

我的心渴望一种更加惊险的生活
WO DE XIN KEWANG YI ZHONG GENGJIA JINGXIAN DE SHENGHUO

出　　版　天津人民出版社
出 版 人　刘锦泉
地　　址　天津市和平区西康路 35 号康岳大厦
邮政编码　300051
邮购电话　022-23332469
电子信箱　reader@tjrmcbs.com

责任编辑　康嘉瑄
特约编辑　栾　喜
装帧设计　孙　莹

制版印刷　北京盛通印刷股份有限公司
发　　行　果麦文化传媒股份有限公司
开　　本　880 毫米 × 1230 毫米　　1/32
印　　张　6
印　　数　1—9,000
字　　数　100 千字
版次印次　2025 年 8 月第 1 版　2025 年 8 月第 1 次印刷
定　　价　42.00 元